世界上的事最好一笑了之

新月集×漂鳥集×園丁集

印度哲人泰戈爾詩作精選

泰戈爾 著
鄭振鐸，冰心 譯

一人一事，一動一靜，在生命的畫布上恣意揮灑；
既恬淡又飄逸，在優美的調性中譜出自由的奏章！

冰心：「泰戈爾是貴族出身，家境優越，自幼受過良好教育。他的作品感情充沛，語調明快，用辭華美。格調也更天真，更歡暢，更富神祕色彩。」

目錄

新月集 005
漂鳥集 059
園丁集 123
愛人的餽贈 231

新月集

你的軟軟的溫柔，在我青春的肢體上開花了，像太陽出來之前的天空裡的一片曙光。

家庭

我獨自在橫跨過田地的路上走著。夕陽像一個守財奴似的，正藏起它的最後的金子。

白晝更加深沉地沒入黑暗之中。那已經收割了的孤寂的田地，默默地躺在那裡。天空裡突然升起了一個男孩子的尖銳的歌聲。他穿過看不見的黑暗，留下他歌聲的轍痕，跨過黃昏的靜謐。

他鄉村的家坐落在荒涼的土地上，在甘蔗田的後面，躲藏在香蕉樹、瘦長的檳榔樹、椰子樹和深綠色的波羅蜜樹的陰影裡。

星光下，我在獨自走著的路上停留了一會兒。我看見黑沉沉的大地展開在我的面前，用她的手臂擁抱著無數的家庭。在那些家庭裡，有著搖籃和床鋪，母親們的心和夜晚的燈，還有年輕的生命。他們滿心歡樂，卻渾然不知這些歡樂對於世界的價值。

海邊

孩子們聚集在無邊際世界的海邊。

無垠的天穹在頭上靜止，不息的海水在足下洶湧。孩子們聚集在無邊際世界的海邊，叫著，跳著。

他們拿沙來建造房屋，拿空貝殼來玩遊戲。他們把落葉編成了船，笑嘻嘻地把它們放到大海上。孩子們在世界的海邊，玩他們的遊戲。

他們不知道怎樣游泳，他們不知道怎樣撒網。採珠人為了珍珠潛水，商人在他們的船上航行，孩子們卻只把小圓石聚了又散。他們不求寶藏；他們不知道怎樣撒網。

大海大笑著湧起波浪，而海灘微笑著蕩漾淡淡的光芒。凶險的波濤，對著孩子們唱著無意義的歌曲，就像一個母親在搖動她孩子的搖籃時一樣。大海和孩子們一同遊戲，而海灘微笑著蕩漾淡淡的光芒。

孩子們聚集在無邊際世界的海邊。天空狂風暴雨，航船沉入海裡，死亡臨近，孩子們卻在遊戲。在無邊際世界的海邊，孩子們正聚集著。

孩童之道

只要孩子願意，此刻他便可飛上天去。

他之所以不離開我們，並不是沒有緣故。

他總愛把頭倚在媽媽的胸口，即使是一刻不見她，也是不行的。

孩子知道各式各樣的睿智話，雖然世間的人很少懂得這些話的意義。

他之所以永不想說，並不是沒有緣故。

他所要做的一件事，就是要學習從媽媽的嘴裡說出來的話。那就是他看起來這樣天真的緣故。

孩子有成堆的黃金與珍珠，但他到這個世界上來，卻像一個乞丐。

他之所以這樣假裝，並不是沒有緣故。

這個可愛的、小小的裸著身體的乞丐，之所以假裝著完全無助的樣子，便是想要乞求媽媽愛的財富。

孩子在小小新月的世界裡，是沒有一切束縛的。

他之所以放棄了他的自由，並不是沒有緣故。

他知道在媽媽內心中小小一隅裡，藏有無窮的快樂，被媽媽手臂擁抱著，其甜美遠勝過自由。

孩子永遠不知道如何哭泣。他所處的是完全的樂土。他之所以要流淚，並不是沒有緣故。雖然他用臉上可愛的微笑，逗得他媽媽熱切的心向著他，然而他因為小事而發出的小小的哭聲，卻編成了憐與愛雙重約束的帶子。

不被注意的花飾

啊，誰給那件小外衣染上顏色的，我的孩子？誰讓你的溫軟的肢體穿上那件紅色小外衣的？

你在早晨就跑出來到天井裡玩，你，跑著就像搖搖欲墜似的。

但是誰給那件小外衣染上顏色的，我的孩子？

什麼事讓你大笑起來的，我的小小的寶貝兒？

媽媽站在門邊，微笑地望著你。

她拍著雙手，她的手鐲叮噹地響著；你手裡拿著你的竹竿在跳舞，活像一個小小的牧童。

但是什麼事讓你大笑起來的，我的小小的寶貝兒？

喔，乞丐，你雙手攀住媽媽的脖子，要乞討些什麼？

喔，貪得無厭的心，要我把整個世界從天上摘下來，像摘一個果子一樣，把它放在你一雙小小的玫瑰色的手掌上嗎？

喔，乞丐，你要乞討些什麼？

風高興地帶走了你叮噹響的踝鈴。

太陽微笑著，望著你的打扮。
當你睡在你媽媽的臂彎裡時，天空在上面望著你，而早晨躡手躡腳地走到你的床前，吻著你的雙眼。
風高興地帶走了你叮噹響的踝鈴。
夢中的仙子飛過朦朧的天空，向你飛來。
在你媽媽的心頭上，大地之母，正和你坐在一塊兒。
他，向星星奏樂的人，正拿著他的橫笛，站在你的窗邊。
夢中的仙子飛過朦朧的天空，向你飛來。

偷睡眠者

誰從孩子的眼裡把睡眠偷走呢？我一定要知道。

媽媽把她的水罐挾在腰間，走到近村汲水去了。

這是正午的時候。孩子們遊戲的時間已經過去了；池中的鴨子沉默無聲。

牧童躺在榕樹蔭下睡著了。

白鶴莊重而安靜地立在芒果樹旁邊的泥沼裡。

就在這個時候，偷睡眠者跑來從孩子的兩眼裡捉住睡眠，便飛走了。

當媽媽回來時，她看見孩子四肢著地在屋裡爬著。

誰從孩子的眼裡把睡眠偷走呢？我一定要知道。我一定要找到她，把她鎖起來。

我一定要朝那個黑洞裡張望。在這個洞裡，有一道小泉，從圓的和有皺紋的石頭上滴下來。

我一定要到森林中沉寂的樹影裡搜尋。在這林中，鴿子在牠們住的地方咕咕地叫著，仙女的腳環在繁星滿天的靜夜裡叮噹地響著。

我要在黃昏時，向靜靜的蕭蕭的竹林裡窺探。在這林中，螢火蟲閃閃地耗費牠們的光明，只要遇見一個人，我便要問他：「誰能告訴我偷睡眠者住在什麼地方？」

誰從孩子的眼裡把睡眠偷走呢？我一定要知道。

只要我能捉住她，就會給她一頓好教訓！

我要闖入她的巢穴，看她把所有偷來的睡眠藏在什麼地方。

我要把它都奪走，帶回家去。

我要把她的雙翼縛得緊緊的，把她放在河邊，然後叫她拿一根蘆葦，在燈心草和睡蓮間釣魚為戲。

黃昏，當街上已經收了市，村裡的孩子們都坐在媽媽的膝上時，夜鳥便會譏笑地在她耳邊說：

「妳現在還想偷誰的睡眠呢？」

開始

「我是從哪兒來的？妳，在哪兒把我撿起來的？」孩子問他的媽媽。

她把孩子緊緊地摟在胸前，半哭半笑地答道——

「你曾被我當作心願藏在我的心裡，我的寶貝。

你曾存在於我孩童時代玩的泥娃娃身上；每天早晨我用泥土塑造我的守護神像，那時我反覆地捏了又捏碎了的就是你。

你曾和我們的家庭守護神一同受到奉祀，我敬拜家神時也就敬拜了你。

你曾活在我所有的希望和愛情裡，活在我的生命裡，我母親的生命裡。

在主宰著我們家庭的永生精靈的膝上，你已經被撫育了好多代。

當我是個女孩的時候，我內心的花朵綻放，你就像一股花香似的散發出來。

你的軟軟的溫柔，在我青春的肢體上開花了，像太陽出來之前的天空裡的一片曙光。

上天的第一寵兒，晨曦的孿生兄弟，你從世界的生命溪流泛流而下，終於停泊在我的心頭。

當我凝視你的臉蛋時，神祕感淹沒了我；你原屬於所有人的，竟成了我的。

因為怕失去你，我把你緊緊地摟在胸前。是什麼魔術讓這世界的寶貝來到我這雙纖小的手臂裡的呢？」

孩子的世界

願我能在我孩子的世界裡，占有一角。

我知道有星星和他說話，天空也在他面前垂下，用它傻傻的雲朵和彩虹來娛樂他。

那些大家以為他是啞巴的人，那些看起來像是永遠不會走動的人，都帶著他們的故事，捧著裝滿著五顏六色玩具的盤子，匍匐地來到他的窗前。

願我能遊行在孩子心中的道路上，解開一切的束縛；

在那裡，使者奉了無謂的使命奔走於諸王的王國間；

在那裡，理智以它的法律化為風箏而放飛，真理也讓事實從桎梏中自由了。

時候與原因

我的孩子，當我給你五顏六色的玩具的時候，我明白了為什麼雲上、水上是這樣的色彩繽紛，為什麼花朵染上絢爛顏色的原因了——我的孩子，當我給你五顏六色的玩具的時候。

當我唱歌使你跳舞的時候，我真的知道了為什麼樹葉間響起音樂，為什麼波浪把它們合唱的聲音送給靜靜聆聽著的大地心頭的原因了——當我唱歌使你跳舞的時候。

當我把糖果送到你貪得無厭的雙手上的時候，我知道了為什麼花萼裡會有蜜，為什麼水果裡會祕密地充滿甜汁的原因——當我把糖果送到你貪得無厭的雙手上的時候。

我的寶貝，當我吻著你的臉蛋叫你微笑的時候，我確實明白了在晨光裡，從天上流淌下來的是什麼樣的快樂，而夏天的微風吹拂在我的身體上的又是什麼樣的爽快——當我吻著你的臉蛋叫你微笑的時候。

責備

為什麼你眼裡有了眼淚，我的孩子？

他們真是可怕，常常無謂地責備你！

你寫字時墨水弄髒了你的手和臉——這就是他們罵你齷齪的緣故嗎？

呵，呸！他們也會因為圓圓的月兒用墨水塗了臉，便罵它齷齪嗎？

他們總為了每一件小事責備你，我的孩子。他們總是無謂地尋人錯處。

你遊戲時扯破了衣服——這就是他們說你不整潔的緣故嗎？

呵，呸！秋天早晨從它破碎的雲間中露出微笑，那麼，他們要叫它什麼呢？

他們對你說什麼話，儘管可以不理睬他，我的孩子。

他們把你做錯的事記了一筆長長地帳。

誰都知道你是很喜歡糖果的——這就是他們說你貪婪的緣故嗎？

呵，呸！我們是喜歡你的，那麼他們要叫我們什麼呢？

法官

你想說他什麼儘管說吧，但是我知道我孩子的缺點。
我愛他並不是因為他優秀，只是因為他是我的小小的孩子。
你如果把他的好處與壞處兩者相比，你就會知道他是如此的可愛吧？
當我必須責罰他的時候，他更成為我生命的一部分了。
當我讓他的眼淚流下，我的心也和他一起哭了。
只有我才有權利去罵他，去責罰他；因為只有熱愛人的人才可以懲戒人。

玩具

孩子，你真是快活呀！一早坐在泥土裡，玩著折下來的小樹枝。

我微笑著看你在那裡玩著那根折下來的小樹枝。

我正忙著算帳，一小時一小時在那裡疊加數字。

也許你在看我，心想：「這種沒趣的遊戲，竟把你一早晨的好時光浪費掉了！」

孩子，我忘了聚精會神玩耍樹枝與泥餅的方法了。

我追尋貴重的玩具，收集金塊與銀條。

你呢，無論找到什麼便開始你快樂的遊戲；我呢，卻把我的時間與力氣都浪費在那些我永遠不能得到的東西上。

我在我的單薄的獨木舟裡划著，要航過欲望之海，竟忘了我也曾在那裡玩遊戲了。

雲與波

媽媽，住在雲端的人對我喚道——

「我們從醒的時候開始玩遊戲，一直玩到一天結束。

我們與黃金色的曙光遊戲，我們與銀白色的月亮遊戲。」

我問道：「但是，我怎麼上去你那裡呢？」

他們答道：「你到地球的邊緣來，舉手向天，就可以被接到雲端裡了。」

「我媽媽在家裡等我呢，」我說，「我怎麼能離開她到那裡去呢？」

於是他們微笑著浮游而去。

但是我知道一個比這更好玩的遊戲，媽媽。

我做雲，妳做月亮。

我用兩隻手遮蓋妳，我們的屋頂就是青碧的天空。

住在波浪上的人對我喚道——

「我們從早晨唱歌到晚上；我們不斷地旅行，也不知我們所經過的是什麼地方。」

我問道：「但是，我怎麼樣才能加入你們的隊伍呢？」

他們告訴我說：「來到岸旁，站在那裡，緊閉你的雙眼，你就被帶到波浪上來了。」

我說：「傍晚的時候，我媽媽常常要我待在家裡——我怎麼能離開她而去呢？」

於是他們微笑著，跳舞著奔流而去。

但是我知道一個比這更好玩的遊戲，媽媽。

我是波浪，妳是陌生的岸。

我奔流而進，笑哈哈地撞碎在妳的膝上。

世界上就沒有一個人會知道我們倆在什麼地方。

金色花

假如我變成了一朵金色花，只是為了好玩，長在樹的高枝上，笑哈哈地在空中搖擺，又在新生的樹枝上跳舞，媽媽，妳會認識我嗎？

妳要是叫道：「孩子，你在哪裡呀？」我暗暗地在那裡偷笑，卻一聲不響。

我要悄悄地綻放花瓣，看著妳工作。

當妳沐浴後，溼髮披在肩上，穿過金色花的林蔭，走到禱告的小庭院時，妳會聞到這花香，卻不知道這香氣是從我身上來的。

當妳吃過午飯，坐在窗前讀《羅摩衍那》（*Rāmāyana*），那棵樹的陰影落在妳的頭髮與膝上時，我便要將我小小的影子投在妳的書頁上，正投在妳所讀的地方。

但是妳會猜得出這就是妳孩子的小小影子嗎？

當妳黃昏時拿了燈到牛棚裡去，我便要突然地再落到地上來，又成了妳的孩子，求妳講故事給我聽。

「你到哪裡去了？你這壞孩子！」

「我不告訴妳，媽媽。」這就是妳跟我那時所要說的話了。

仙人世界

如果人們知道了我的國王的宮殿在哪裡，它就會消失在空氣中。
牆壁是白色的銀，屋頂是耀眼的黃金。
皇后住在有七個庭院的宮苑裡；她戴的一串珠寶，價值整整七個王國的全部財富。
不過，讓我悄悄地告訴妳，媽媽，我的國王的宮殿究竟在哪裡。
它就在我們陽臺的角落，在那種著羅勒的花盆放著的地方。
公主躺在遠遠的隔著七個不可踰越的重洋的彼岸沉睡著。
除了我自己，世界上沒有人能夠找到她。
她手臂上戴著鐲子，耳上掛著珍珠，她的頭髮垂到地板上。
當我用我的魔杖碰觸她的時候，她就會醒過來；而當她微笑時，珠寶將會從她唇邊落下來。
不過，讓我在妳的耳朵邊悄悄地告訴妳，媽媽，她就住在我們陽臺的角落，在那種著羅勒的花盆放著的地方。
當妳要到河裡洗澡的時候，妳走到屋頂上的那座陽臺來吧。
我只讓小貓跟我在一起，因為牠知道那故事裡的理髮匠住的地方。

不過，讓我在妳的耳朵邊悄悄地告訴妳，那故事裡的理髮匠到底住在哪裡。
他住的地方，就在陽臺的角落，在那種著羅勒的花盆放著的地方。

流放的地方

媽媽，天空上的光變成灰色了；我不知道是什麼時間了。我玩得無趣極了，所以到妳這裡來了。這是星期六，是我們的休息日。

放下妳的工作，媽媽，坐在靠窗的一邊，告訴我童話裡的特潘塔沙漠在什麼地方？

雨的影子遮掩了整個白天。

凶猛的閃電用它的爪子抓著天空。

當烏雲在轟隆隆地響著，打雷的時候，我總喜歡帶著恐懼爬到妳的身上。

當大雨傾瀉在竹葉上好幾個鐘頭，窗戶被狂風震得咯咯作響的時候，我就愛獨自和妳坐在屋裡，媽媽，聽妳講童話裡的特潘塔沙漠的故事。

它在哪裡，媽媽？在哪一個海洋的岸上，在哪些山峰的腳下，在哪一個國王的國土裡？

田地裡沒有劃分國界的石頭，也沒有村民在黃昏時走回家的或婦人在樹林裡撿拾枯枝而捆載到市場上去的道路。沙地上只有一小塊一小塊的黃色草地，只有一棵樹，就是那對聰明的老鳥在那裡築巢的，那個地方就是特潘塔沙漠。

我能夠想像，就在一個烏雲密布的日子，國王年輕的兒子，獨自騎著一匹灰色馬，穿過這個沙漠，去尋找那被囚禁在不可知的重洋之外，巨人宮裡的公主。

當雨水在遙遠的天空落下，閃電像一陣突然發作的痙攣出現的時候，他可記得他不幸的母親，被國王所棄，正在打掃牛棚，眼裡流著眼淚，當他騎馬穿過童話裡的特潘塔沙漠的時候？

看，媽媽，一天還沒有完，天色就差不多黑了，那邊村莊的路上沒有什麼旅客了。

牧童早就從牧場上返家了，人們都已從田地回來，坐在他們屋簷下的草蓆上，眼望著陰沉的雲朵。

媽媽，我把我所有的書本都放在書架上了——不要叫我現在做功課。

當我長大了，大得像爸爸一樣的時候，我將會學到必須學到的東西的。

但是，今天妳要告訴我，媽媽，童話裡的特潘塔沙漠在什麼地方？

雨天

烏雲很快地聚集在森林黝黑的邊緣上。

孩子，不要出去呀！

湖邊成排的棕樹，向陰暗的天空搖著頭；羽毛凌亂的烏鴉，靜悄悄地棲在羅望子的樹枝上。河的東岸正被烏黑的陰霾所侵襲。

我們的牛綁在圍籬上，高聲鳴叫。

孩子，在這裡等著，等我先把牛牽進牛棚裡。

許多人都擠在池水氾濫的田間，捉那從氾濫的池中逃出來的魚兒。雨水成了小河，流過狹街，好像一個嬉笑的孩子從他媽媽那裡跑開，故意要氣她一樣。

聽呀，有人在淺灘上呼喊船夫呢。

孩子，天色暗了，碼頭的擺渡已經關閉了。

天空好像是在滂沱的雨上快跑著；河裡的水喧囂而且暴躁；婦人們早已拿著汲滿了水的水罐，從恆河畔匆匆地回家了。

夜裡用的燈，一定要準備好。

孩子，不要出去呀！

到市場去的大道已沒有人走，到河邊去的小路又很滑。風在竹林裡咆哮著，掙扎著，好像一隻落在網中的野獸。

紙船

我每天把紙船一個個放在急流的溪中。
我用黑筆把我的名字和我住的村名寫在紙船上。
我希望住在外地的人會收到這紙船，知道我是誰。
我把花園中生長的夜花放在我的小船上，希望這些黎明時開的花能在夜裡被平平安安地帶到岸上。
我把我的紙船投到水裡，仰望天空，看見小朵的雲正張著鼓鼓的白帆。
不知道天上有我的哪位同伴，把這些船放下來跟我的船比賽！
夜來了，我的臉埋在手臂裡，夢見我的紙船在子夜的星光下緩緩地向前。
睡仙坐在船裡，帶著滿載著夢的籃子。

水手

船夫曼特胡的船隻停泊在拉琪根琪碼頭。

這條船裝載著黃麻，無所事事地停泊在那裡已經好久了。

只要他肯把他的船借給我，我就會安裝一百支槳，揚起五或六或七面帆來。

我絕對不把它駕駛到愚蠢的市場上去。

我將航遍仙境裡的七個大海和十三條河道。

但是，媽媽，妳不要躲在角落裡為我哭泣。

我不會像羅摩犍陀羅[1]，到森林中去，一去十四年才回來。

我將成為故事中的王子，把我的船裝滿了我所喜歡的東西。

我將帶我的朋友阿細（Ashu）和我做伴。我們要快快樂樂地航行於仙境裡的七個大海和十三條河道。

我將在早晨的晨光裡張帆航行。

中午，當妳正在池塘裡洗澡的時候，我們即將踏上一個陌生的國土了。

1 羅摩犍陀羅：即羅摩。他是印度一部敘事詩《羅摩衍那》中的主角。為了尊重父親的諾言、維持弟兄間的友愛，他拋棄了繼承王位的權利，與妻子悉多（Sita）一起在森林裡被放逐了十四年。

我們將經過特浦尼淺灘，把特潘塔沙漠拋在我們的後面。
當我們回來的時候，天色快黑了，我將告訴妳我們所見到的一切。
我將越過仙境裡的七個大海和十三條河道。

對岸

我渴望到河的對岸去。
在那邊，船隻一排排繫在竹竿上；
人們在早晨乘船渡過去，肩上扛著犁，去耕耘他們的遠處的田；
在那邊，牧人叫他們的牛群游泳到河旁的牧場去；
黃昏的時候，他們都回家了，只留下豺狼在這長滿著野草的島上哀叫。
媽媽，如果妳不在意的話，我長大的時候，要做這渡船的船夫。
據說有些古怪的池塘藏在這個河岸之後。
雨過後，一群一群的野鴨飛到那裡去。茂盛的蘆葦在岸邊四周生長，水鳥在那裡生蛋；
鷸帶著跳舞的尾巴，將牠們細小的足印印在潔淨的軟泥上；
黃昏的時候，長草頂著白花，邀請月光在長草的波浪上浮游。
媽媽，如果妳不在意的話，我長大的時候，要做這渡船的船夫。
我要從此岸至彼岸，渡過來，渡過去，所有村裡正在那兒沐浴的男孩女孩，都要詫異地望著我。

太陽升到中天，早晨變為正午了，我將跑到妳那裡去，說道：「媽媽，我餓了！」

一天結束了，影子俯伏在樹底下，我便要在黃昏中回家。

我永遠不會像爸爸那樣，離開妳到城裡去做事。

媽媽，如果妳不在意的話，我長大的時候，要做這渡船的船夫。

花的學校

當雷雲在天上隆隆響，六月的陣雨落下的時候，溼潤的東風吹過荒野，在竹林中吹著口笛。

於是成群的花朵從無人知道的地方突然跑出來，在綠草上狂歡地跳著舞。

媽媽，我真的覺得那群花朵是在地底的學校裡上學。

他們關門做功課。如果他們想在放學以前出來玩，他們的老師會叫他們去罰站的。

雨一來，他們就放假了。

樹枝在林中互相碰觸著，綠葉在狂風裡蕭蕭地響著，雷雲拍著大手。這時花孩子們便穿了紫的、黃的、白的衣裳，衝了出來。

妳可知道，媽媽，他們的家是在天上，在星星所住的地方。

妳沒有看見他們著急著要到那裡去嗎？妳不知道他們為什麼那樣急急忙忙嗎？

我猜得到他們是對誰揚起雙臂：他們也有他們的媽媽，就像我有我自己的媽媽一樣。

商人

媽媽，讓我們想像，妳待在家裡，我到異國去旅行。

再想像，我的船已經裝得滿滿的，在碼頭上等候啟程了。

現在，媽媽，妳想一想告訴我，回來時我要帶些什麼給妳。

媽媽，妳要一堆一堆的黃金嗎？

在金河的兩岸，田野裡全是金色的稻穗。

在林蔭道上，金色花也一朵一朵地落在地上。

我要為妳把它們全都收拾好，放在幾百個籃子裡。

媽媽，妳要秋天的雨點一般大的珍珠嗎？

我要渡海到珍珠島的岸上去。

那個地方，在清晨的曙光裡，珍珠在草地的野花上顫動，珍珠落在綠草上，珍珠被洶湧的海浪一大把一大把地撒在沙灘上。

我的哥哥呢，我要送他一對有翅膀的馬，可以在雲上飛翔。

爸爸呢，我要帶一支有魔力的筆給他，他還沒有感覺到，筆就寫出字來了。

妳呢，媽媽，我要把價值七個王國的首飾箱和珠寶送給妳。

同情

如果我只是一隻小狗，而不是妳的小孩，親愛的媽媽，當我想吃妳盤裡的東西時，妳要向我說「不」嗎？

妳要趕走我，對我說「滾開，你這淘氣的小狗」嗎？

那麼，走吧，媽媽，走吧！當妳叫喚我的時候，我永遠不會到妳那裡去，也永遠不要妳再餵我吃東西了。

如果我只是一隻綠色的小鸚鵡，而不是妳的小孩，親愛的媽媽，妳要把我緊緊地鎖住，怕我飛走嗎？

妳要對我搖搖手，說「多麼不知感恩的鳥呀！整日整夜地咬牠的鏈子」嗎？

那麼，走吧，媽媽，走吧！我要跑到樹林裡去；我永遠不再讓妳把我抱在懷裡了。

職業

早晨，鐘敲十下的時候，我沿著小巷走到學校去。

每天我都遇見那個小販，他叫道：「鐲子呀，亮晶晶的鐲子！」

他沒有什麼急著要做的事情，他沒有一定要走哪條街，他沒有什麼一定要去的地方，他沒有在規定的時間內一定要回家。

我希望我是一個小販，在街上過日子，叫著：「鐲子呀，亮晶晶的鐲子！」

下午四點，我從學校裡回家。

在鄰居家門口，我看到一個園丁在那裡挖地。

他用他的鋤頭，隨意地挖，他被塵土弄髒了衣裳。如果他被太陽晒黑了或是身上弄溼了，都沒有人罵他。

我希望我是一個園丁，在花園裡挖地，誰也不能阻止我。

天色剛黑，媽媽就送我上床。

從打開的窗戶，我看見守夜人走來走去。

小巷裡又黑又冷清，路燈立在那裡，像一個臉上有一隻紅眼睛的巨人。

守夜人提著他的提燈，跟他身邊的影子一起走著，他一生都沒有上過床去。

我希望我是一個守夜人，整夜在街上走，提了燈去追逐影子。

長者

媽媽，妳的孩子真傻！她是那麼的可笑不懂事！

她不知道路燈和星星的差別。

當我們玩著以小石子當食物的遊戲時，她便以為它們真的是可以吃的東西，竟然想放進嘴裡。

當我翻開一本書，放在她面前，要她讀a、b、c時，她卻動手把書撕了，無端亂叫；妳的孩子就是這樣做功課的。

當我生氣地對她搖頭，罵她，說她頑皮時，她卻哈哈大笑，以為很有趣。

誰都知道爸爸不在家。但是，如果我在遊戲時高叫一聲「爸爸」，她便高興地四處張望，以為爸爸就在身邊。

當我把洗衣工人帶來的載運衣服的驢子當作學生，並且警告她說，我是老師時，她卻無緣無故地亂喊我哥哥。

妳的孩子要捉月亮。她是這樣可笑；她把甘尼許（Ganesh）喚作格尼許。

媽媽，妳的孩子真傻，她是那麼可笑不懂事！

小大人

我很小，因為我是一個小孩子。到了像我爸爸一樣年紀時，我便長大了。
我的老師要是走來過說：「時候不早了，把你的筆記、你的書拿來。」
我要告訴他：「你不知道我已經和我爸爸年紀一樣大了嗎？我不再學什麼功課了。」
我的老師將驚訝地說：「隨便他讀書不讀書，因為他是大人了。」
我自己穿好衣裳，走到人群擁擠的市場裡。
我的叔叔要是跑過來說：「你迷路了，我的孩子，讓我抱著你吧。」
我要回答：「你沒有看見嗎，叔叔？我已經和我爸爸年紀一樣大了。我決定要獨自一人到市場裡。」
叔叔將會說：「是的，他到哪裡去都可以，因為他是大人了。」
當我正拿錢給我保母時，媽媽剛從浴室出來，因為我知道如何用我的鑰匙開保險箱的。
媽媽要是說：「你在做什麼呀，頑皮的孩子？」
我要告訴她：「媽媽，妳不知道我已經和爸爸年紀一樣大了嗎？我必須拿錢給保母。」

媽媽將會自言自語：「他可以隨便把錢給他喜歡的人，因為他是大人了。」

當十月放假的時候，爸爸將要回家。他會以為我還是一個小孩子，為我從城裡帶了小鞋子和小綢衫。

我會說：「爸爸，把這些東西給哥哥吧，因為我已經和你年紀一樣大了。」

爸爸將會想一想，說：「他可以隨便去買他自己穿的衣裳，因為他是大人了。」

十二點鐘

媽媽，我現在不想做功課了。我整個早上都在念書呢。

妳說，現在才十二點鐘。假設還沒超過十二點吧；難道妳不能把十二點鐘想像成是下午嗎？

我可以很容易地想像：現在太陽已經到那片稻田的邊緣上了，老態龍鍾的漁婦正在池邊採摘香草做她的晚餐。

我閉上眼睛就可以想像，馬塔爾樹下的陰影更深沉了，池塘裡的水看來黑得發亮。

假如十二點鐘能夠在黑夜時來，為什麼黑夜不能在十二點鐘的時候來呢？

作家

妳說爸爸寫了許多書，但我卻不懂得他所寫的東西。

他整個黃昏都在讀書給妳聽，但是妳真的懂得他的意思嗎？

媽媽，妳給我們講的故事，真是好聽呀！我很好奇，爸爸為什麼不能寫那樣的書呢？

難道他從來沒有從他自己的媽媽那裡聽過巨人、神仙和公主的故事嗎？

還是已經完全忘記了？

他常常忘記洗澡，妳不得不過去叫他一百多次。

妳總是等候著，熱著菜等他。但他還是忘了，繼續寫下去。

爸爸總是以寫書為遊戲。

如果我一走進爸爸的房裡玩，妳就要過來叫：「真是一個頑皮的孩子！」

如果我稍微弄出一點聲音，妳就要說：「你沒有看見你爸爸正在工作嗎？」

寫了又寫，有什麼趣味呢？

當我拿起爸爸的鋼筆或鉛筆，像他一樣地在他的書上寫著a、b、c、d、e、f、g、h、i——那時，妳為什麼跟我生氣呢，媽媽？

爸爸寫時，妳卻從來不說一句話。

當爸爸耗費了一大堆紙時，媽媽，妳似乎完全不在乎。

但是，如果我只拿了一張紙去折紙船時，妳卻要說：「孩子，你真討厭！」

對於爸爸把紙的兩面都用黑筆標記塗滿，汙損了許多張紙時，妳如何看待呢？

惡郵差

妳為什麼坐在地板上一動不動的，告訴我呀，親愛的媽媽？
雨水從開著的窗戶噴進來，把妳身上全打溼了，妳卻不管。
妳聽見鐘已經敲四下了嗎？正是哥哥從學校裡回家的時候了。
到底發生了什麼事，妳的神色如此不安？
妳今天沒有接到爸爸的信嗎？
我看見郵差帶了許多信來，幾乎鎮裡的每個人都分送到了。
只有爸爸的信，他留起來給他自己看。我確信這個郵差是個壞人。
但是不要因此不高興呀，親愛的媽媽。
明天是鄰村市集的日子，妳請女僕去買些筆和紙來。
爸爸寄來的信，我自己也會寫，妳找不出一點破綻。
我要從字母A一直寫到字母K。
但是，媽媽，妳為什麼笑呢？
妳不相信我可以和爸爸寫得一樣好？
但是我會用心畫格子，把所有的字母寫得又大又漂亮。

當我寫好時，妳以為我也會像爸爸那樣傻，把它投進惡郵差的袋中嗎？
我立刻就會送來給妳，而且一個字母、一個字母地讀給妳聽。
我知道那郵差是不肯把真正的信送給妳的。

英雄

媽媽，讓我們想像我們正在旅行，經過一個陌生而危險的國土。

妳坐在一頂轎子裡，我騎著一匹紅馬，在妳旁邊跑著。

現在是黃昏，太陽已經下山了。約拉地希的廢墟在我們面前蒼白而灰暗。大地淒涼而荒蕪。

妳害怕了，想著：「我不知道我們到了什麼地方。」

我對妳說：「媽媽，不要害怕。」

草地上長滿了尖尖的草，一條狹而崎嶇的小道穿過這塊草地。

在這片廣大的地面上看不到一隻牛；牠們已經回到牠們村裡的牛棚裡。

天色暗了下來，大地和天空都顯得朦朦朧朧的，而我們不能說出我們正走向什麼地方。

突然間，妳叫我，悄悄地問我：「靠近河岸的是什麼火光呀？」

正在那時，一陣可怕的吶喊聲響起，許多人影向我們跑來。

妳蹲坐在妳的轎子裡，嘴裡反覆地禱唸著神的名字。

轎夫們怕得發抖，躲藏在荊棘叢中。

我向妳喊道：「不要害怕，媽媽，有我在這裡。」

他們手裡拿著棍棒，頭髮披散著，越走越靠近。
我喊道：「要當心！你們這些壞蛋！再向前走一步，你們就要送命了。」
他們又發出一陣吶喊，向前衝過來。
妳抓住我的手，說：「好孩子，看在上天的份上，躲開他們吧。」
我說：「媽媽，妳看我的。」
於是我驅策著我的馬匹，猛奔過去，我的劍和盾彼此碰著作響。
這一場戰鬥是那麼激烈，媽媽，如果妳從轎子裡看見的話，妳一定會打冷顫的。
他們之中，許多人逃走了，還有一些人被砍殺了。
我知道妳那時獨自坐在裡面，心裡正想著，妳的孩子這時已經死了。
但是我跑到妳的跟前，渾身濺滿了鮮血，說道：「媽媽，現在戰爭已經結束了。」
妳從轎子裡走出來，吻著我，把我摟在妳的心頭，妳自言自語：「如果沒有我的孩子護送我，我簡直不知道怎麼辦才好。」
一千件無聊的事天天在發生，為什麼這樣一件事卻不能夠偶爾實現呢？
這很像一本書裡的一個故事。
我的哥哥說：「這是可能的事嗎？我老是想，他是那麼嬌弱呢！」
我們村裡的人都要驚訝地說：「這孩子正和他媽媽在一起，這不是很幸運嗎？」

告別

到我該走的時候了，媽媽，我走了。

清寂的黎明，妳在黑暗中伸出雙臂，要抱妳睡在床上的孩子時，我要說：「孩子不在那裡呀！」——媽媽，我走了。

我要變成一股清風撫摸著妳；我要變成水中的漣漪，當妳沐浴時，把妳吻了又吻。大風之夜，當雨點在樹葉上淅瀝時，妳在床上會聽見我的低語；當閃電從開著的窗戶照進妳屋裡時，我的笑聲也與它一同照進了。

如果妳醒著躺在床上，想妳的孩子直到深夜，我要從星空向妳歌唱：「睡呀！媽媽，睡呀。」

我要坐在隨處遊蕩的月光上，偷偷地來到妳的床上，趁妳睡著時，躺在妳的胸口。

我要變成一個夢，從妳眼皮的微縫中，鑽到妳睡眠的深處。當妳醒來吃驚地四處張望時，我便如閃耀的螢火，熠熠地向黑暗中飛去。

當杜爾迦女神節[2]時，鄰居家的孩子們來家裡遊玩時，我便要融化在笛聲裡，整日

2 杜爾迦女神節：意為「祭神大典」。這裡的「杜爾迦女神節」，指的是印度十月間的「難近母祭日」。

在妳心頭迴盪。

親愛的阿姨帶了杜爾迦禮[3]來，問道：「我們的孩子在哪裡，姐姐？」媽媽，妳將要柔聲地告訴她：「他呀，他現在在我的眼睛裡，在我的身體裡，在我的靈魂裡。」

3 杜爾迦禮：是指在這個節日裡，親友互相餽贈的禮物。

召喚

她走的時候，夜間黑漆漆的，大家都睡了。

現在，夜間也是黑漆漆的，我喚她道：「回來，我的寶貝；世界都在沉睡；當星星互相凝視的時候，你回來一會兒是沒有人知道的。」

她走的時候，樹木正在萌芽，春光剛剛來到。

現在花已盛開，我喚道：「回來，我的寶貝。孩子們漫不經心地把花朵聚在一起，又把它們散開。你如果走來，拿走一朵小花，沒有人會發現的。」

那些常常在遊玩的人，仍然還在那裡遊玩，生命總是如此地浪費。

我靜靜聽他們的空談，便喚道：「回來，我的寶貝，媽媽的心裡充滿著愛，你如果走來，從她那裡接受一個小小的吻，沒有人會妒忌的。」

第一次的茉莉

呵，這些茉莉花，這些白色的茉莉花！
我彷彿記得我第一次雙手捧著這些茉莉花，這些白色的茉莉花的時候。
我喜愛那日光，那天空，那綠色的大地；
我聽見那河水淙淙的流水聲，在漆黑的午夜裡傳過來；
秋天的夕陽，在荒原的轉角處迎接我，如新娘揭起她的面紗迎接她的新郎。
但我想起童年時第一次捧在手裡的白茉莉，心裡充滿著甜蜜的回憶。
我生平有過許多快樂的日子。在節慶宴會的晚上，我曾跟著說笑話的人大笑。
在灰暗的雨天早晨，我吟誦過許多飄逸的詩篇。
我脖子上戴過情人親手織的花圈，作為配飾。
但我想起童年時第一次捧在手裡的白茉莉，心裡充滿著甜蜜的回憶。

榕樹

喂，站在池邊的榕樹，你可曾忘記了那小小的孩子，就像那在你樹枝上築巢又離開你的鳥兒？

你不記得他坐在窗內，詫異地望著你那深入地底的糾纏的樹根嗎？

婦人們常到池邊，汲了滿滿的水。你的大黑影便在水面上搖動，好像睡著的人掙扎著要醒來似的。

日光在微波上跳舞，好像不停息的小梭子在織著金色的花毯。

兩隻鴨子在蘆葦影子上游來游去，孩子靜靜地坐在那裡思考。

他想成為風，吹過你蕭蕭的枝頭；想當你的影子，在水面上，跟隨日光而消長；想當一隻鳥兒，棲息在你的最高枝；還想當那兩隻鴨，在蘆葦與陰影間游來游去。

祝福

祝福這個小精靈，這個潔白的靈魂，他為我們的大地，贏得了天堂之吻。

他愛日光，他愛看見媽媽的臉。

他沒有學會渴求黃金而厭惡塵土。

緊緊把他抱在你心頭，並且祝福他。

他已來到這個岔路百出的大地上了。

我不知道他怎麼從群眾中選出你，來到你的門前，抓住你的手問路。

他笑著，談著，跟著你走，心裡沒有半點疑惑。

不要辜負他的信任，引導他到正路，並且祝福他。

把你的手按在他的頭上，祈求著：底下的波濤雖然險惡，然而上面的風會鼓起他的船帆，送他到和平的港口。

不要在忙碌中把他忘了，讓他來到你的心裡，並且祝福他。

贈品

我要送些東西給你，我的孩子，因為我們一起漂泊在世界的溪流。

我們的生命將被分開，我們的愛也將被忘記。

但我沒有那麼傻，希望可以用我的贈品來收買你的心。

你的生命正年輕，你的道路也長著呢，你一口氣飲盡了我們帶給你的愛，便轉身離開我們跑了。

你有你的遊戲，有你的同伴。如果你沒有時間跟我們在一起，如果你忘記我們，那有什麼害處呢？

我們呢，在老年時會有許多閒暇的時間，去計算那過去的日子，在心中珍惜著我們手中永遠失去的東西。

河流唱著歌很快地流去，衝破所有的堤防。但是山峰卻留在那裡，回憶著，滿懷離情依依。

我的歌

我的孩子，我將用我的音樂圍繞你，好像那熱戀時的手臂一樣。

這首歌將撫摸著你的額頭，好像那祝福之吻一樣。

當你一個人的時候，它將坐在你的身旁，在你耳邊微語著；當你在人群中的時候，它將圍住你，使你超然物外。

我的歌將成為你的夢的翅膀，它將你的心送到未知的岸邊。

當黑夜覆蓋的時候，它又將成為那照在你頭上的忠實的星光。

我的歌將會在你的眼睛裡，將你的視線帶入萬物的心裡。

當我的聲音因死亡而沉寂時，我的歌仍將會在你活潑的心中唱著。

孩子天使

他們喧譁爭鬥，他們懷疑失望，他們辯論而沒有結果。

我的孩子，讓你到他們當中去，如一道鎮定而純潔之光，使他們愉悅而沉默。

他們的貪心和妒忌是殘忍的；他們的話，好像暗藏的渴望鮮血的刀刃。

我的孩子，去，去站在他們憤恨的心中，把你和善的目光落在他們身上，就像傍晚的寬宏的寧靜，籠罩著日間的紛爭一樣。

我的孩子，讓他們望著你的臉，從而能夠知道一切事物的意義；讓他們愛你，從而他們也能相愛。

來，坐在無垠的胸膛上，我的孩子。在朝陽出來時，開放而且敞開你的心，像一朵盛開的花；在夕陽落下時，低下你的頭，默默地做完這一天的禮拜。

最後的買賣

早晨，我在石子路上走著時，我叫道：「來僱用我吧。」

皇帝坐著馬車，手裡拿著劍走來。

他拉著我的手，說道：「我要用權力來僱用你。」

但是他的權力算不了什麼，他坐著馬車走了。

正午炎熱的時候，家家戶戶的門都緊閉著。

我沿著彎曲的小巷走去。

一個老人帶著一袋金錢走出來。

他斟酌一下，說道：「我要用金錢來僱用你。」

他一個一個地數著他的錢，但我卻轉身離去了。

黃昏了，花園的圍籬上滿開著花。

一個美人走出來，說道：「我要用微笑來僱用你。」

她的微笑黯淡，化成淚容了，她孤寂地轉身走進黑暗裡。

太陽照耀在沙地上，波浪任性地浪花四濺。

一個小孩坐在地上玩貝殼。

他抬起頭來，好像認識我似的，說道：「我不拿任何東西僱用你。」
在這個與小孩的遊戲中做成的買賣，使我從此以後成了一個自由的人。

漂鳥集

使生如夏花之絢爛，死如秋葉之靜美。

1

夏天的飛鳥，飛到我窗前唱歌，又飛走了。
秋天的黃葉，它們沒有什麼可唱，只嘆息一聲，在那裡落下。

2

世界上小小的漂泊者呀，請在我的文字裡留下你們的足印。

3

世界在它的情人面前，揭下了浩瀚的面具。它變得渺小，渺小得如同一首歌，渺小得如同一回永恆之吻。

4

是大地的眼淚，使她的微笑保持著青春不謝。

5

廣漠無垠的沙漠熱烈地追求著一葉綠草的愛，她搖搖頭，笑著飛開了。

6

如果你因失去太陽而流淚，那麼你也將失去群星。

7

跳舞的流水呀，在你途中的泥沙，乞求你的歌聲和你的流動。你願意帶著跛足的泥沙而俱下嗎？

8

她熱切的臉，如夜雨似的，擾動著我的夢境。

9

曾經，我們夢見大家都是陌生人。
我們醒來後，卻發現我們原是相親相愛的。

10

憂思在我的心裡化為平靜，正如暮色降臨在寂靜的山林中。

11

有些看不見的手指，如慵懶的微風，在我的心上彈奏著微微的樂聲。

12

「海水呀，你說的是什麼？」
「是永恆的疑問。」
「天空呀，你回答的話是什麼？」
「是永恆的沉默。」

13

我的心呀，靜靜地聽，聽那世界的低語，這是它對你求愛的表示呀。

14

創造的奧祕，有如夜間的黑暗——是偉大的。而知識的幻影卻不過如晨間之霧。

15

不要因為峭壁是高的，便讓你的愛情坐在峭壁上。

16

我今晨坐在窗前，世界如同一個過路人似的，停留了一會，向我點點頭又走過去了。

17

這些微風，是綠葉的簌簌之聲呀；它們在我的心裡，歡悅地微語著。

18

你看不見你自己，你所看見的只是你的影子。

19

神呀，我的那些願望真是愚蠢呀，它們參雜在你的歌聲中喧譁著呢。讓我靜聽吧。

20

我不能選擇最好的。
是最好的選擇我。

21

那些把燈背在背上的人們，把他們的影子投到了自己的前面。

22

我的存在，對我而言是一個永久的神奇，這就是生活。

23

「我們蕭蕭的樹葉都用聲響回答風和雨。你是誰呢，那樣的沉默著？」
「我不過是一朵花。」

24

休息與工作的關係，正如眼瞼與眼睛的關係。

25

人是一個初生的孩子，他的力量，就是生長的力量。

26

神希望我們酬謝祂的，在於祂送給我們的花朵，而不在於太陽和土地。

27

光明如一個裸體的孩子，快快活活地在綠葉當中嬉戲，它不知道人是會欺騙的。

28

啊，美呀，在愛中找你自己吧，不要到你鏡子的諂諛中找尋。

29

我的心在世界的海岸上拍打著她的波浪，以熱淚在上面寫著：「我愛你。」

30

「月兒呀，你在等什麼呢？」

「向我讓位給他的太陽致敬。」

31

綠樹來到了我的窗前，彷彿是喑啞的大地發出渴望的聲音。

32

神自己的清晨，在祂自己看來也是新奇的。

33

生命從世界得到財富，從愛情裡得到價值。

34

枯竭的河床，並不感謝它的過去。

35

鳥兒願為一朵雲。
雲兒願為一隻鳥。

36

瀑布歌唱著：「我得到自由時便有了歌聲。」

37

我說不出內心為什麼這樣頹喪。
是為了它那不曾要求、不曾知道、不曾記得的小小的需求。

38

婦人，妳在處理家務的時候，妳的手腳正如山間的溪水，歌唱著從小石中流過。

39

當太陽越過西方的海面時，對著東方留下他最後的敬禮。

40

不要因為你自己沒有胃口而去責怪你的食物。

41

樹群像代表大地願望似的，踮起腳來向天空窺望。

42

你微微地笑著，不跟我說話。而我覺得，為了這個，我已等待得太久了。

43

水裡的魚是沉默的，陸地上的野獸是喧鬧的，空中的飛鳥是歌唱著的。
但是，人類卻有著海裡的沉默、地上的喧鬧與空中的音樂。

44

世界在躊躇之心的琴弦上奔跑，奏出憂鬱的樂聲。

45

他把他的刀劍當作他的上帝。
當他的刀劍勝利時他自己卻失敗了。

46

神從創造中找到自己。

47

陰影戴上她的面具，祕密地，溫順地，用她沉默的愛的腳步，跟在「光」後面。

48

星星並不害怕被認為像螢火蟲。

49

謝謝神，我不是一個權力的輪子，而是被壓在這輪下的人類之一。

50

心是尖銳的，不是寬廣的，它執著在每一點上，卻不移動。

51

你的偶像消散在塵土中，這證明上帝的塵土比你的偶像更偉大。

52

人不能在歷史中表現出自己，必需在歷史中奮鬥著嶄露頭角。

53

燈泡因為和陶燈為表親而責怪陶燈。但當明月出來時，燈泡卻溫和地微笑著，叫明月為——「我親愛的姐姐」。

54

就像海鷗與波濤的相遇，我們遇見了，走近了。海鷗飛去，波濤滾滾地流去，我們也分別了。

55

白天的工作結束了，於是我像一艘停泊在海灘上的小船，靜靜地聽著晚潮跳舞的樂聲。

56

我們的生命是天賦，我們唯有獻出生命，才能得到生命。

57

當我們最為謙遜的時候，便是我們最接近偉大的時候。

58

麻雀看見孔雀負擔著牠的尾羽，而替牠擔憂。

59

絕不要害怕剎那——永恆之聲這樣唱著。

60

風在無路時尋找最短的路，又突然地在荒蕪中結束了它的尋找。

61

在我的杯中，飲了我的酒吧，朋友。

一倒在別人的杯裡，這酒中的泡沫便要消失了。

62

「完美」為了「不完美」，而裝飾自己。

63

神對人說：「我醫治你所以傷害你，愛你所以懲罰你。」

64

謝謝火焰給你光明，但是不要忘了那執燈的人，他是堅忍地站在黑暗當中呢。

65

小草呀，你的步伐雖小，但是你擁有你腳下的土地。

66

幼花的蓓蕾開了，叫道：「親愛的世界呀，請不要枯萎了。」

67

神會厭惡那些強國，但絕不會厭惡那些小小的花朵。

68

錯誤經不起失敗，但是真理可以。

69

瀑布歌唱著：「雖然口渴者只要少許的水便夠了，我卻很乾脆地給予我的全部。」

70

那些源源不絕地拋出花朵與狂喜的源泉是在哪裡呢？

71

樵夫的斧頭，向樹乞求斧柄。
樹便給了他。

72

這孤獨的黃昏，下著霧與雨，在內心的孤寂裡，我感覺到它的嘆息。

73

節操是從豐富的愛中產生的財富。

74

霧，像愛情一樣，在群山的中心玩耍，變幻出各種美麗。

75

我們把世界錯看了，反倒說它欺騙我們。

76

詩人的風，經過海洋和森林，追求它自己的歌聲。

77

每一個孩子出生時都帶來訊息：神對人並未感到灰心失望。

78

綠草尋求它地上的伴侶。
樹木尋求它空中的孤獨。

79

人會防備他自己。

80

我的朋友，你的話語飄蕩在我的心裡，像那海水的低吟聲繚繞在靜聽著的松林之間。

81

這個不可見的黑暗之火，以繁星為其火花的，到底是什麼呢？

82

使生如夏花之絢爛，死如秋葉之靜美。

83

那想做好人的，在門外敲著門；那想愛人的，看見門敞開著。

84

在死的時候，眾多合而為一；在生的時候，一分化為眾多。神死的時候，宗教將合而為一。

85

藝術家是自然的情人，所以他是自然的奴隸，也是自然的主人。

86

「你離我有多遠呢，果實呀？」
「我藏在你心裡呢，花呀。」

87

這個渴望是為了那個在黑夜裡感覺得到、在大白天裡卻看不見的人。

88

露珠對湖水說：「你是在荷葉下面的大露珠，我是在荷葉上面的較小的露珠。」

89

刀鞘保護刀的鋒利，它自己則滿足於它的遲鈍。

90

在黑暗中，「一」視如一體；在光亮中，「一」便視若眾多。

91

大地藉由綠草，顯出她自己的殷勤好客。

92

綠葉的生與死乃是旋風的急驟與旋轉，它更廣大的轉圈乃是天上繁星之間緩緩的轉動。

93

權勢對世界說：「妳是我的。」
世界便把權勢囚禁在她的寶座下面。
愛情對世界說：「我是妳的。」
世界便給予愛情可以在她屋內來往的自由。

94

濃霧彷彿是大地的願望。
它藏起了太陽，而太陽本是她所求的。

95

安靜吧，我的心，這些大樹都是祈禱者呀。

96

瞬間的喧譁，譏笑著永恆的音樂。

97

我想起了漂浮在生與愛與死的洪流上的許多時代，當這些時代被遺忘後，我便感覺到離開塵世的自由了。

98

我靈魂裡的憂鬱就是她的新婚面紗。
這面紗等待著在夜裡卸去。

99

死亡印記給予活著的錢幣價值，使它能夠用生命來購買那真正的寶物。

100

白雲謙遜地站在天之一隅。
晨光給它戴上了霞彩。

101

塵土受到汙辱，卻以她的花朵來報答。

102

只管經過，不必逗留採花，因為一路上花朵自會繼續盛開。

103

根是地下的枝。
枝是空中的根。

104

已遠去了的夏之音樂，還翱翔於秋間，尋求它的舊巢。

105

不要把你自己的功績借給你的朋友，這會汙辱他。

106

無名的日子的感觸，攀緣在我的心上，正像那綠色的苔蘚，攀緣在老樹的四周。

107

回聲嘲笑著她的原聲，以證明她是原聲。

108

當富人誇耀說他得到神的特別恩惠時，神卻羞愧了。

109

我把影子投射在我的路上，因為我有一盞還沒有被點亮的明燈。

110

人走進喧譁的群眾裡去，為的是要淹沒他自己的沉默的呼喊。

111

止於衰竭的是「死亡」，但「圓滿」卻止於無窮。

112

太陽只穿一件樸素的內衣，白雲卻披了燦爛的外衫。

113

群山如頑童之喧嚷，想舉起他們的雙臂，捉天上的星星。

114

道路雖然擁擠，卻是寂寞的，因為它是不被愛的。

115

權勢以它的惡行自誇，落下的黃葉與浮游的雲朵卻在笑它。

116

今天大地在陽光裡向我哼唱，像一個織著布的婦人，用一種已經被忘卻的語言，哼著一些古代的歌曲。

117

綠草是無愧於它所生長的偉大世界的。

118

夢是一個一定要談話的妻子。
睡眠是一個默默地忍受的丈夫。

119

夜親吻逝去的日子，輕輕地在他耳旁說：
「我是重生，是你的母親。
我要給你新的生命。」

120

黑夜呀，我感覺到你的美了。你的美如一個熄燈後的可愛的婦人。

121

我把那些已逝去的世界裡的繁榮帶到我的世界來。

122

親愛的朋友，當我在岸上靜靜聽著海濤時，我好幾次在暮色深沉的黃昏裡，感受到你的偉大思想的沉默。

123

鳥以為把魚舉在空中是一種慈善的舉動。

124

夜對太陽說：「在月光下，你送了情書給我。」

「我已在綠草上留下我流著淚的回答了。」

125

偉人是一個天生的孩子，當他死時，他把他偉大的童年時代給了世界。

126

不是透過捶打，而是藉由水的載歌載舞，使鵝卵石臻於完美。

127

蜜蜂從花中吸取花蜜，離開時恭敬道謝。

浮華的蝴蝶卻相信花是應該向牠道謝的。

128

如果你不為了等待說出完整的真理，那麼把真話說出來是很容易的。

129

「可能」問「不可能」說：

「你住在什麼地方呢？」

它回答：「在那無能為力者的夢境裡。」

130

如果你把所有的錯誤都關在門外時，真理也要被關在外面了。

131

我聽見有些東西在我悲傷的心的後面蕭蕭作響——我不能看見它們。

132

閒暇在動作時便是工作。
靜止的海水蕩動時便成波濤。

133

綠葉戀愛時就成了花。
花崇拜時就成了果實。

134

埋在地底下的樹根使樹枝產生果實，卻不要求什麼報酬。

135

陰雨的黃昏，風無休止地吹著。
我看著搖曳的樹枝，想念萬物的偉大。

136

子夜的風雨，如一個巨大的孩子，在不合時宜的黑夜裡醒來，開始遊戲和喧鬧。

137

海呀，妳這孤寂的新娘呀，妳雖掀起波浪追隨妳的情人，但是無用呀。

138

文字對工作說：「我對於我的空虛感到慚愧。」
工作對文字說：「當我看見你時，我便知道我是如何的貧乏了。」

139

時間變化會帶來財富。時鐘模仿它，卻只有變化而沒有財富。

140

真理穿了衣裳，覺得事實太拘束了。

在想像中，她卻轉動得很舒暢。

141

當我旅行時，路呀，我厭倦你；但是現在，當你引導我到各處去時，我便愛上你，與你結婚了。

142

讓我猜猜，在群星之中，有一顆星星是透過未知的黑暗指導著我的生命。

143

婦人，妳用妳美麗的手指觸碰我，秩序便如音樂般的出現了。

144

一個憂鬱的聲音，在逝去的年華中築巢。

它在夜裡對我唱：「我愛你。」

145

燃燒的火焰，用它熊熊的火光警告我不要走近它。
把我從潛藏於灰中的餘燼裡救出來吧。

146

我有天上的群星，
但是，唉，我屋裡的小燈卻沒有點亮。

147

死亡的塵土黏著你。
用沉默洗淨你的靈魂吧。

148

生命裡留了許多空隙，從中傳來了死亡的憂鬱音樂。

149

世界已在早晨敞開了它的光明之心。
出來吧，我的心，帶著你的愛與它相會。

150

我的思想隨著這些閃耀的綠葉而閃耀；我的心靈因為這日光的撫摸而歌唱；我的生命因為和萬物一起漂浮在蔚藍的空間中、時間的墨黑中而感到歡喜。

151

上天巨大的威權是在柔和的微風裡，而不在狂風暴雨之中。

152

在夢中，一切事都散漫著，都壓抑著，但這不過是一個夢呀。當我醒來時，我便覺得這些事都已匯集在你那裡，我也自由了。

153

落日問：「有誰要承接我的職務呢？」
陶燈說：「我要盡我所能地做下去，我的主人。」

154

採著花瓣時，得不到花的美麗。

155

沉默孕育著聲音，正如鳥巢孕育著睡鳥。

156

大的不怕與小的同遊。
居中的卻避之。

157

夜祕密地讓花盛開，卻讓那白日去領受謝辭。

158

權勢認為犧牲者的痛苦是忘恩負義。

159

當我們以充實為樂時，那麼，我們就能很快樂地跟我們的果實分手了。

160

雨點吻著大地，微語道：「我們是想家的孩子，母親，現在從天上到妳這裡來了。」

161

蜘蛛網好像要捉露珠，卻捉住了蒼蠅。

162

愛情呀！當你手裡拿著點亮了的痛苦之燈走來時，我能夠看見你的臉，而且以你為幸福。

163

螢火蟲對天上的星星說：「學者說你的光明總有一天會消滅的。」天上的星星不回答。

164

在黃昏的微光裡，有清晨的鳥兒來到了我沉默的鳥巢裡。

165

思想掠過我的心上，如一群野鴨飛過天空。我聽見牠們鼓翼之聲了。

166

運河總認為：河流的存在，是專門為它供給水流的。

167

世界用它的痛苦親吻我，並要求歌聲作為報酬。

168

壓迫著我的，到底是我想要外出的靈魂呢，還是那世界的靈魂，敲著我的心門，想要進來呢？

169

思想用自己的言語餵養且成長。

170

我把我的心之容器輕輕浸入這沉默時刻中，它已盛滿了愛。

171

或許你在工作，或許你沒有。
當你不得不說「讓我們做些事吧」時，就要開始胡鬧了。

172

向日葵羞於把無名的花朵看作它的同胞。
太陽升上來，向它微笑，說道：「你好嗎，我的寶貝？」

173

「誰像命運般的推著我向前走呢？」
「是我自己，在背後大步走著。」

174

雲把水倒在河的水杯裡，它們自己卻藏在遠山之中。

175

我一路走去，我的水瓶卻漏水。
只剩下極少極少的水供我回家時使用了。

176

杯中的水是閃耀的；海中的水卻是黑色的。
小道理可以用文字說清楚；真理卻只有沉默。

177

妳的微笑來自於妳田園裡的花，妳的談吐是來自於妳山上的松樹林；
但是妳的心呀，卻是那個我們全都認識的女人。

178

我把小小的禮物留給我所愛的人——大的禮物卻留給所有的人。

179

婦人呀，妳用眼淚環繞著世界，正如大海環繞著大地。

180

太陽用微笑向我問候。
雨，他憂悶的姐姐，向我的內心談話。

181

我的晝間之花，落下它那被遺忘的花瓣。
在黃昏中，這花成熟為一顆記憶的金果。

182

我像那夜間之路，正靜悄悄地聽著記憶的足音。

183

黃昏的天空，在我看來，像一扇窗戶，一盞燈火，燈火背後的一次等待。

184

太急於做好事的人，反而找不到時間去做好人。

185

我是秋雲，空空地不載著雨水，但在成熟的稻田中，可以看見我的果實。

186

他們嫉妒，他們殘殺，人們反而稱讚他們。

187
然而上帝卻害羞了，匆匆地把他的記憶埋藏在綠草下面。

188
腳趾乃是捨棄了其過去的手指。

189
黑暗向光明旅行，但是盲人卻向死亡旅行。

190
小狗懷疑宇宙正謀劃著篡奪牠的位置。

191
靜靜地坐著吧，我的心，不要揚起你的塵土。
讓世界自己尋路向你走來。

弓在箭要射出之前，低聲對箭說：「你的自由就是我的自由。」

192

婦人，在妳的笑聲裡有著生命之泉的音樂。

193

全是理智的心，恰如一柄全是鋒刃的刀。
它叫使用它的人手上流血。

194

神愛人間的燈光甚於祂自己的星光。

195

這世界乃是被美之音樂所馴服了的、狂風驟雨的世界。

196

晚霞向太陽說：「我的心經過你的親吻，便像金的寶箱了。」

197

接觸著，你或許會殺害；遠離著，你或許會占有。

198

蟋蟀的唧唧，夜雨的淅瀝，從黑暗中傳到我的耳邊，好似我已逝的少年時代來到我夢境中。

199

花朵向星辰落盡了的曙光叫道：「我的露珠全消失了。」

200

燃燒著的木塊，熊熊地生出火光，叫道：「這是我的花朵，我的死亡。」

201

黃蜂認為鄰居儲蜜的巢太小。他的鄰居要他去建一個更小的。

202

河岸向河流說：「我留不住你的波浪。讓我保存你的足印在我心裡吧。」

203

白日用這小小地球的喧擾，淹沒了整個宇宙的沉默。

204

歌聲在空中感到沒有極限，圖畫在地上感到沒有極限，詩呢，無論在空中、在地上都是如此。

因為詩的詞句含有能走動的意義與能飛翔的音樂。

205

太陽在西方落下時，早晨的東方已靜悄悄地站在他面前。

206

讓我不要錯誤地把自己放在我的世界裡而讓它反對我。

207

榮譽使我感到慚愧，因為我暗地裡乞求著它。

208

當我沒有什麼事做時，就讓我不受干擾地沉入安靜深處吧，一如海水沉默時海邊的暮色。

209

少女呀，妳的純樸，如湖水之碧，表現出妳深邃的真理。

210

最好的東西不會是獨自來的，

它伴隨了所有的東西一起前來。

211

神的右手是慈愛的，但是祂的左手卻是可怕的。

212

我的夜色從陌生的樹木中走來，它用我所不懂得的語言說話。

213

夜之黑暗是一個口袋，迸出黎明的金光。

214

我們的欲望把彩虹的顏色借給那只不過是雲霧的人生。

215

神等待著，要從人的手上把祂自己的花朵作為禮物贏回去。

216

我的憂愁纏繞著我，要問我它們的名字。

217

果實的事業是尊貴的，花的事業是甜美的；但是讓我做葉的事業吧，葉是謙遜地、專心地垂著綠蔭的。

218

我的心向著蘭珊的風張了帆，要前往無論何處的蔭涼之島去。

219

君王們是凶暴的，但人民是善良的。

220

把我當成你的杯子吧，讓我為了你，以及為了你的人們而盛滿水吧。

221

狂風暴雨像是某個天神痛苦的哭聲，因為祂的愛情被大地所拒絕。

222

世界不會流失，因為死亡並不是一個裂縫。

223

生命因為付出愛情而更為富足。

224

我的朋友，你偉大的心閃耀出東方朝陽的光芒，正如黎明中一個積雪的孤峰。

225

死亡的流水，使靜止的生命之水跳動。

226

我的神，那些擁有一切東西而沒有您的人，在譏笑著那些沒有別的東西而只有您的人呢。

227

生命的運動在它自己的音樂裡得到休息。

228

亂踢只能從地上揚起灰塵而不能得到收穫。

229

我們的名字，就是夜裡海浪上發出的光，痕跡也不留就泯滅了。

230

讓看著玫瑰花的人也看看它的刺。

231

鳥翼上綁了黃金，這鳥就永遠不能再在天上翱翔了。

232

我們當地的荷花又在這陌生的水上開了花，有著同樣的清香，只是換了名字。

233

在心的遠景裡，那相隔的距離顯得更廣闊了。

234

月兒把她的光明在天上遍照，卻留著黑斑給她自己。

235

不要說「這是早上」，別用一個「昨天」的名詞來稱呼。這是你第一次看到它，把它當作還沒有名字的新生兒吧。

236

青煙對天空誇口，灰燼對大地誇口，它們都說是火的兄弟。

237

雨點向茉莉花微語：「把我永久地留在你的心裡吧。」
茉莉花嘆息了一聲，落在地上。

238

膽怯的思想呀，不要怕我。
我是一個詩人。

239

在朦朧的寂靜裡，我的心似乎充滿了蟋蟀的叫聲——灰暗暮色的聲音。

240

爆竹呀，你對於群星的侮蔑，又跟著你自己回到地上來了。

241

您曾經帶領著我，穿過白天擁擠不堪的旅程，到達黃昏的孤寂之境。在通宵的寂靜裡，我等待著其中的意義。

242

我們的生命就像渡過一片大海，我們都相聚在這個狹小的小舟中。死亡來臨時，我們便上了岸，各往各的世界去了。

243

真理之川必從它錯誤之河道中流過。

244

今天我的心想家了，在想著那跨過時間之海的某一個甜蜜時候。

245

鳥的歌聲是曙光從大地傳回去的回聲。

246

晨光問道：「你是驕傲得不肯和我親吻嗎？」

247

小花問：「太陽呀，我要如何對你唱歌，如何崇拜你呢？」
太陽答：「只要用你的純潔和簡樸的沉默。」

248

當人是野獸時，他比野獸還壞。

249

黑雲接受光的親吻時便變成天上的花朵。

250

不要讓刀鋒譏笑手柄的不鋒利。

251

夜的寂靜，如一個深深的燈盞，銀河便是它燃著的燈光。

252

死亡像無限的海之歌，日夜衝擊著光明的生命之島。

253

花瓣似的山峰在飲著日光，這山豈不像一朵花嗎？

254

「真實」的意義被誤解，輕重被倒置，那就成了「不真實」。

255

我的心呀，從世界的流動中尋找你的美吧，正如那得到風與水的優美的小船。

256

眼睛不以視力為榮，卻以眼鏡為榮。

257

我住在這個小小的世界裡，生怕它再縮小一丁點兒。把我抬到您的世界去吧，讓我高高興興地失去我自由的一切。

258
虛偽永遠不能憑藉它生長在權力中而變成真實。

259
透過拍打岸邊波浪，我的心渴望著撫摸這個陽光明媚的綠色世界。

260
路旁的小草，愛那天上的星吧，你的夢境便可在花朵裡實現了。

261
讓你的音樂如一把利刃，直刺入市井喧擾的心中吧。

262
這樹葉的顫動，像一個嬰兒的手指，觸動著我的心。

263
小花睡在塵土裡。
它尋求蝴蝶走的道路。

264

我在道路縱橫的世界上。
夜來了。打開您的門吧，家之世界！

265

我已經唱過了您的白日之歌。
在黃昏時候，讓我拿著您的燈走過風雨飄搖的道路吧。

266

我不要求你進我的屋裡。
你且到我無邊的孤寂裡來吧，我的愛人！

267

死亡隸屬於生命，正與出生一樣。
舉足是走路，正如落足也是走路。

268

我已經學會了在花與陽光裡微語的意義——再教我了解你在痛苦與死亡中所說的話吧。

269

夜晚的花朵來晚了，當早晨吻著她時，她顫慄著，嘆息了一聲，落在地上了。

270

從萬物的愁苦中，我聽見了「永恆母親」的呻吟。

271

大地呀，我到你岸上時是一個陌生人，住在你屋內時是一個賓客，離開你的門時是一個朋友。

272

當我離去時，讓我的思想到你那裡，如那夕陽的餘光，映在寂靜的繁星天邊上。

273

在我的心頭點亮起那休息中的星星吧，然後讓黑夜向我微語著愛情。

274

我是一個在黑暗中的孩子。
我從夜的被單裡向您伸出我的雙手，母親。

275

白天的工作結束了。把我的臉藏在您的臂間吧，母親。
讓我入夢吧。

276

集會時的燈光，點了很久，結束時，燈便立刻滅了。

277

當我死時，世界呀，請在你的沉默中，替我留著「我已經愛過了」這句話吧。

278

我們在熱愛世界時便生活在這世界上。

279

讓死者有那不朽的名，但讓生者有那不朽的愛。

280

我看見你，像那半醒的嬰兒在黎明的微光裡看見他的母親，於是微笑而又睡去。

281

我將死了又死，以明白生是無窮無盡的。

282

當我和擁擠的人群一起在路上走時，我看見您從陽臺上送過來的微笑，我歌唱著，忘卻了所有的喧譁。

283

愛就是充實了的生命，正如盛滿了酒的酒杯。

284

他們點了燈，在他們的寺院內，吟唱他們自己的話語。
但是小鳥們卻在你的晨光中，唱著你的名字——因為你的名字便是快樂。

285

帶領我到您沉寂的中心，使我的心充滿歌吧。

286

讓那些選擇了煙火世界的人，就生活在那裡吧。
我的心渴望著您的繁星，我的上帝。

287

愛的痛苦就像洶湧的大海在歌唱，環繞著我的一生；而愛的快樂卻像鳥兒們在樹林裡歌唱。

288

假如您願意，您就熄了燈吧。
我將明白您的黑暗，而且將喜愛它。

289

當我在日子的終了，站在您的面前時，您將看見我的傷疤，知道我有許多創傷，但也有醫治我的方法。

290

總有一天，我要在其他世界的早晨裡對你唱道：「我以前在地球的光裡，在人的愛裡，已經見過你了。」

291

從其他地方裡飄浮到我生命裡的雲，不再是為了下雨或帶來暴風雨，而是給予我落日的天空增添色彩。

292

真理掀起狂風驟雨，散播它的種子。

293

昨夜的風雨給今日的早晨帶來了金色的和平。

294

真理彷彿帶來了結論而，而那個結論卻帶來了下一個結論。

295

他是有福氣的，因為他的名望並沒有比他的真實更響亮。

296

您的名字甜蜜地充斥著我的內心，使我忘掉了我自己——就像當早晨的太陽升起時，大霧便消失了。

297

靜悄悄的黑夜具有母親的美麗，而吵鬧的白天具有孩子的美麗。

298

當人微笑時，世界愛他；當他大笑時，世界便怕他了。

299

神等待著人在智慧中重新獲得童年。

300

讓我感受到這個世界乃是您的愛正在形成吧，那麼，我的愛也將幫助它。

301

您的陽光在我心的冬天裡微笑，從不懷疑它春天的花朵。

302

神在祂的愛裡吻著「有限」，而人卻吻著「無限」。

303

您越過不毛之地的沙漠而達成了圓滿。

304

上天的靜默能使人的思想成熟而進化成為語言。

305

「永恆的旅客」呀，你可以在我的歌中找到你的足跡。

306

讓我不感到羞辱吧，父親，您在您孩子們的身上顯現出您的榮耀。

307

這一天是不開心的。光愁眉苦臉，如一個被處罰的兒童，蒼白的臉上留著淚痕；風號叫著，像一個傷者的哭聲。但是我知道，我正跋涉著去找我的朋友。

308

今天晚上棕櫚葉沙沙地作響，海上有大浪，天上有滿月，就像世界的心跳。您從未知的天空，沉默地帶來了愛的痛苦祕密？

309

我夢見一顆星星，一個光明的島嶼，我將在那裡出生。在閒暇中，我的生命將像陽光下的稻田一樣成熟。

310

雨中溼泥土的氣息，就像從渺小無聲的群眾發出一陣巨大的讚美歌聲。

311

愛情會失去，是我們不能接受的一個事實。

312

我們有一天將會明白，死亡永遠不能奪走我們所獲得的一切。因為獲得的和自己本是一體。

313

神在黃昏微光中，帶著花到我這裡來。這些我先前的花，在祂的花籃中還保存得很新鮮。

314

神呀，當我生命的琴弦都已調得諧和時，你的手一彈一奏，都可以發出愛的樂聲。

315

讓我真真實實地活著吧，我的神。這樣，死亡對於我來說也就成了真實。

316

人類的歷史在耐心地等待著被侮辱者的勝利。

317

這一刻我感到你的目光正落在我的心上，像那早晨的陽光落在已收成孤寂的田野上一樣。

318

在這喧譁的波濤起伏的海中，我渴望著歌詠之島。

319

夜的序曲在夕陽西下的音樂中開始，在它對難以形容的黑暗所作的莊嚴的讚歌中開始。

320

我登上高峰，發現在名望所處的荒蕪高處，找不到一個遮蔽處。我的引導者啊，在光芒消失以前，引領我進到沉靜的山谷裡去吧。在那裡，一生的收穫將會成熟為智慧的黃金。

321

在這個黃昏的朦朧裡，許多東西看來都是幻象——尖塔的底層在黑暗裡消失了，樹頂像是模糊的黑點。我等待著黎明，當我醒來的時候，就會看到在光明裡您的城市。

322

我曾經受過苦，曾經失望，曾經體會過「死亡」，於是我以在這偉大的世界裡為樂。

323

在我的一生裡，有貧乏和沉默的空間。它們是我忙碌的日子中得到日光與空氣的幾片空曠之地。

324

我未完成的過去，從後方纏繞著我，使我難以死去。請從那裡釋放了我吧。

325

「我相信你的愛。」讓這句話當作我的最後的話吧。

園丁集

當我的愛來了，坐在我身旁，當我的身軀震顫，我的睫毛下垂，夜更深了，風吹燈滅，雲朵在繁星上曳過輕紗。

1

僕人：

請對您的僕人開恩吧，我的女王！

女王：

集會已經開完，我的僕人們都走了。你為什麼來得這麼晚呢？

僕人：

您和別人談過以後，就是我的時間了。

我來問有剩餘什麼工作，好讓您的最後一個僕人去做。

女王：

在這麼晚的時間你還想做什麼呢？

僕人：

讓我做您花園裡的園丁吧。

女王：

這是什麼笨想法呢？

僕人：

我要放棄別的工作。

我把我的劍與矛扔在塵土裡。不要差遣我去遙遠的宮廷；不要命令我開始新的征討。只求您讓我做花園裡的園丁。

女王：

你的職責是什麼呢？

僕人：

在閒散的日子裡為您服務。

我要保持您晨間散步的小徑綠草清爽新鮮，您每一步將會有甘於赴死的繁花讚頌歡迎您的雙腳。

我將在樹枝間推動您的鞦韆；向晚的月亮將從樹葉縫隙裡吻您的衣裙。

我將在您床邊的燈盞裡添滿燈油，我將用檀香和番紅花顏料在您的腳墊上畫上美妙的花樣。

女王：

你要什麼報酬呢？

僕人：

只要您允許我像握著柔嫩的菡萏一樣地握住您的小拳，把花串套上您纖細的手腕；允許我用無憂花的紅汁來染您的腳底，以親吻來拂去那偶然留在那裡的塵埃。

女王：

你的祈求被接受了，我的僕人，你將是我花園裡的園丁。

2

「呵，詩人，夜晚漸臨，你的頭髮已經變白。

在你孤寂的沉思中聽到了來生的消息嗎？」

「是夜晚了。」詩人說，「夜雖已晚，我還在聆聽，因為也許有人會從村中呼喚。」

「我看守著，是否有年輕的飄遊的心聚在一起，兩對渴望的眼睛尋求有音樂來打破他們的沉默，並替他們說話。

如果我坐在生命的岸邊默想著死亡和來世，又有誰來編寫他們的熱情的詩歌呢？

晚上的星星消失了。

火葬中的紅光在沉靜的河邊慢慢地熄滅。

殘月的微光下，豺狼在庭院裡齊聲嚎叫。

假如有遊子們離了家，到這裡來守夜，低頭聆聽黑暗的低語，有誰把生命的祕密向他耳邊低訴呢，如果我關起門，企圖擺脫世俗的糾纏？

我的頭髮變白是一件小事。

我永遠和這村裡最年輕的人一樣年輕，最年老的人一樣年老。

有的人發出甜美單純的微笑，有的人眼裡含著狡獪的閃光。

有的人在白天流著眼淚，有的人的眼淚卻隱藏在幽暗裡。
他們都需要我，我沒有時間去冥想來生。
我和每一個人都是同年的，我的頭髮變白了又怎樣呢？」

3

早晨我在海裡撒網。

我從沉黑的深淵拉出形狀奇特的東西——有些微笑般地發亮，有些眼淚般地閃光，有的暈紅得像新娘的雙頰。

當我帶著這一天的收穫回到家的時候，我的愛人正坐在花園裡悠閒地扯著樹葉。

我沉吟了一會，就把我撈得的一切放在她的腳前，沉默地站著。

她瞥了一眼說：「這是些什麼怪東西？我不知道這些東西有什麼用處！」

我羞愧得低了頭，心想：「我並沒有為這些東西去奮鬥，也不是從市場裡買來的；這不是配得上送給她的禮物。」

整夜裡，我把這些東西一件一件地丟到街上。

早晨趕路的人來了；他們把這些拾起，帶到遠方去了。

4

我真煩，為什麼他們把我的房子蓋在通往市鎮的路上呢？
他們把滿載的船隻拴在我的樹上。
他們任意地來去遊蕩。
我坐著看他們，光陰都消磨了。
我不能回絕他們。這樣我的日子便過去了。
日日夜夜他們的腳步聲在我門前震盪。
我徒然地叫道：「我不認識你們。」
有些人是我的手指認識的，有些人是我的鼻子認識的，我血管中的血液似乎認得他們，有些人是我的夢裡認識的。
我不能回絕他們。我呼喚他們說：「誰願意到我房子裡來的就請來吧。對了，來吧。」
清晨，廟裡的鐘聲響起。
他們提著籃子來了。
他們的腳像玫瑰般的紅。微微的晨光照在他們臉上。

我不能回絕他們。我呼喚他們說：「到我花園裡來採花吧。到這裡來吧。」

中午，鑼聲在廟門前響起。

我不知道他們為什麼放下工作在我籬笆旁流連。

他們頭髮上的花朵已經褪色枯萎了，他們橫笛裡的音調也顯得疲倦。

我不能回絕他們。我呼喚他們說：「我的樹蔭下是涼爽的。來吧，朋友們。」

夜裡蟋蟀在林中唧唧地叫。

是誰慢慢地來到我的門前輕輕地敲？

我模糊地看到他的臉，他一句話也沒說，四周是靜默的天空。

我不能回絕我沉默的客人。我從黑暗中望著他的臉，夢幻的時間過去了。

5

我心神不寧。我渴望著遙遠的事物。
我的靈魂在冥想中走出，要去觸摸幽暗深處的邊緣。
呵，「偉大的來生」，呵，你笛聲高亢的呼喚！
我忘卻了，我總是忘卻了，我沒有飛翔的翅膀，我永遠被綁在這地方。
我失望而又清醒，我是一個異鄉的異客。
你的氣息向我低語出一個不可能的希望。
我的心懂得你的語言，就像它懂得自己的語言一樣。
呵，「遙遠的尋求」，呵，你笛聲高亢的呼喚！
我忘卻了，我總是忘卻了，我不認得路，我也沒有長著翅膀的馬。
我心神不寧，我是自己心中的流浪者。
在疲倦時光的日暮中，你廣大的幻象在天空的蔚藍中顯現！
呵，「最遠的盡頭」，呵，你笛聲高亢的呼喚！
我忘卻了，我總是忘卻了，在我獨居的房子裡，所有的門戶都是緊閉的！

6

馴養的鳥在籠裡，自由的鳥在林中。
時間到了，他們相會，這是命中注定的。
自由的鳥說：「呵，我的愛人，讓我們飛到林中去吧。」
籠中的鳥低聲說：「到這裡來吧，讓我們倆都住在籠裡。」
自由的鳥說：「在柵欄中，哪有展翅的餘地呢？」
「可憐，」籠中的鳥說，「在天空中，我不曉得到哪裡去棲息。」
自由的鳥叫喚說：「我的寶貝，唱起森林之歌吧。」
籠中的鳥說：「坐在我旁邊吧，我教你學者的語言。」
自由的鳥叫喚說：「不，不！歌曲是不能傳授的。」
籠中的鳥說：「可憐的我，我不會唱森林之歌。」
他們的愛情因渴望而更加熱烈，但是他們永遠不能比翼雙飛。
他們隔欄相望，而他們相知的願望是虛無的。
他們在依戀中振翼，唱著：「靠近些吧，我的愛人！」
自由的鳥叫喚說：「這是做不到的，我怕這籠子緊閉的門。」
籠裡的鳥低聲說：「我的翅膀無力，而且已經死去了。」

7

呵，母親，年輕的王子要從我們門前走過，今天早晨我哪有心思工作呢？教我怎樣編髮；告訴我應該穿哪件衣裳。

妳為什麼驚訝地望著我呢，母親？

我深知他不會仰視我的窗戶；我知道剎那間他就要走出我的視線以外；只有那搖曳的笛聲將從遠處向我嗚咽。

但是那年輕的王子將從我們門前走過，這時候我要穿上我最好的衣裳。

呵，母親，年輕的王子已經從我們門前走過了，他的馬車裡發出朝日的金光。

我掀開臉上的面紗，從頸上扯下紅玉的項鍊，扔在他走來的路上。

妳為什麼驚訝地望著我呢，母親？

我深知他沒有拾起我的項鍊；我知道它在輪下碾碎了，在地上留下了碎片，沒有人曉得我的禮物長什麼樣子，也不知道是誰給的。

但是那年輕的王子曾經從我們門前走過，我也曾經把我胸前的珍寶丟在他走來的路上。

8

當我床前的燈熄滅了，我和小鳥一同醒來。

我在頭髮上戴新鮮的花串，坐在打開的窗前。

那年輕的行人在玫瑰色的朝霞中從大路上來了。

項鍊在他的頸上，陽光在他的冠上。他停在我的門前，用急切的呼聲問我：「她在哪裡呢？」

因為害羞，我不好意思說出：「她就是我，年輕的行人，她就是我。」

黃昏到來，還未點燈。

我心神不寧地編著頭髮。

在落日的光輝中年輕的行人駕著馬車來了。

他的馬，嘴裡吐著白沫，他的衣袍上蒙著灰塵。

他在我的門前下車，用疲乏的聲音問：「她在哪裡呢？」

因為害羞，我不好意思說出：「她就是我，疲倦的行人，她就是我。」

一個四月的夜晚。我的屋裡點著燈。

南風溫柔地吹來。話多的鸚鵡在籠子裡睡著了。

我的衣服和孔雀羽毛一樣地華麗，我的披紗和嫩草一樣地碧青。
我坐在窗前的地上看著冷清的街道。
在沉黑的夜中我不禁低吟著，「她就是我，失望的行人，她就是我。」

9

當我在夜裡單獨赴會的時候，鳥兒不叫，風兒不吹，街道兩旁的房屋沉默地站立著。

是我自己的腳鍊越走越響，使我羞怯。

當我站在涼亭上傾聽他的腳步聲，樹葉不搖，河水靜止，像熟睡的哨兵膝上的刀劍。

是我自己的心在狂跳——我不知道怎樣使它平靜。

當我的愛來了，坐在我身旁，當我的身軀震顫，我的睫毛下垂，夜更深了，風吹燈滅，雲朵在繁星上曳過輕紗。

是我自己胸前的珍寶放出光明。我不知道怎樣把它遮住。

10

放下妳的工作吧，我的新娘。聽，客人來了。
妳聽見沒有，他在輕輕地搖動那拴門的鏈子？
小心不要讓妳的腳鍊發出聲音，在迎接他的時候妳的腳步不要太急。
放下妳的工作吧，新娘，客人在晚上來了。

不，這不是一陣風，新娘，不要驚惶。
這是四月中的滿月夜，院裡的影子是黯淡的，頭上的天空是明亮的。
用輕紗遮住臉，若是妳覺得需要；提著燈到門前去，若是妳害怕。
不，這不是一陣風，新娘，不要驚惶。

若是妳害羞就不必和他說話，妳迎接他的時候只需站在門邊。
他若問妳話，若是妳願意這樣做，妳就沉默地低眸。
不要讓妳的手鐲作響，當妳提著燈，帶他進來的時候。
不必和他說話，如果妳害羞。

妳的工作還沒有做完嗎，新娘？聽，客人來了。
妳還沒有把牛柵裡的燈點起來嗎？

妳還沒有把晚禱的供品準備好嗎？
妳還沒有在髮縫中塗上鮮紅的紅點，妳還沒有化過妝嗎？
呵，新娘，妳沒有聽見，客人來了嗎？
放下妳的工作吧！

11

妳就這樣地來吧；不要在梳妝上延遲了。

即使妳的髮辮鬆散，即使妳的髮線沒有分直，即使妳衣服的絲帶沒有綁好，都不要管它。

妳就這樣地來吧；不要在梳妝上延遲了。

來吧，快步踏過草坪。

即使露水沾溼了妳腳上的紅粉，即使妳腳踝上的鈴鐺鬆脫，即使妳項鍊上的珠子脫落，都不要管它。

來吧，快步踏過草坪吧。

妳沒看見雲霧遮住天空嗎？

鶴群從遠遠的河岸起飛，狂風吹過常青的灌木。

牛群奔向村裡的牛棚。

妳沒看見雲霧遮住天空嗎？

妳徒然點上的燈火——它顫搖著在風中熄滅了。

誰能看出妳睫毛上沒有塗上烏煙？因為妳的眼睛比烏雲還黑。

妳徒然點上的燈火——它熄滅了。
妳就這樣地來吧，不要在梳妝上延遲了。
即使花環沒有穿好，誰管它呢；即使手鐲沒有扣上，讓它去吧。
天空被烏雲塞滿了——時間已晚。
妳就這樣地來吧；不要在梳妝上延遲了。

12

若是妳要把水瓶灌滿，來吧，到我的湖上來吧。
湖水將環繞在妳的腳邊，潺潺地說出它的祕密。
沙灘上有了欲來烏雲的陰影，雲霧低垂在樹群的天際線上，像妳眉上的濃髮。
我深深地熟知妳腳步的節奏，它在我心中敲擊。
來吧，到我的湖上來吧，如果妳必須把水瓶灌滿。
如果妳想懶散偷閒，讓妳的水瓶漂浮在水面，來吧，到我的湖上來吧。
草坡碧綠，野花多得數不清。
妳的思想將從妳烏黑的眼眸中透出，像鳥兒飛出巢。
妳的披紗將褪落到腳邊。
來吧，如果妳要偷閒，到我的湖上來吧。
如果妳想跳進水裡，來吧，到我的湖上來吧。
把妳的蔚藍的絲巾留在岸上；蔚藍的水將淹沒過妳，蓋住妳。
水波將躡足來吻妳的頸項，在妳耳邊低語。
來吧，如果妳想跳進水裡，到我的湖上來吧。

如果妳想投入死亡，來吧，到我的湖上來吧。
它是清涼的，深不見底。
它沉黑得像無夢的睡眠。
在它的深處，黑夜就是白天，歌唱就是靜默。
來吧，如果妳想投入死亡，到我的湖上來吧。

13

我一無所求，只站在樹林邊。
倦意還逗留在黎明的眼睛上，露珠在空氣裡。
溼草的慵懶的氣息懸垂在地面的薄霧中。
在榕樹下妳用奶油般柔嫩的手擠著牛奶。
我沉靜地站立著。
我沒有說出一個字。那是藏著的鳥兒在樹葉中歌唱。
芒果樹在小徑上撒著繁花，蜜蜂一隻一隻地嗡嗡飛來。
池塘邊的廟門開了，朝拜者開始誦經。
妳把罐子放在膝上擠著牛奶。
我提著空桶站立著。
我沒有走近妳。
天空和廟裡的鑼聲一同響起。
塵土在被驅走的牛蹄下飛揚。
把鏗鏘作響的水瓶摟在腰上，女人們從河邊走來。

妳的手鐲叮噹，牛奶沫溢出罐口。
晨光漸逝而我沒有走近妳。

14

我在路邊行走，也不知道為什麼，時已過午，竹枝在風中簌簌作響。
斜斜的影子伸臂拖住流光的雙足。
布穀鳥都唱倦了。
我在路邊行走，也不知道為什麼。
低垂的樹蔭蓋住水邊的茅屋。
有人正忙著工作，她的釧鐲在一角放出音樂。
我在茅屋前面站著，我不知道為什麼。
曲徑穿過一片芥菜田和幾片芒果樹林。
它經過村廟和碼頭的市集。
我在這茅屋前面停住了，我不知道為什麼。
好幾年前，三月風吹的一天，春天慵懶地低語，芒果花落在地上。
浪花跳起掠過立在碼頭階梯上的銅瓶。
我想著三月風吹的這一天，我不知道為什麼。
陰影更深，牛群歸欄。

冷落的牧場上日色蒼白，村人在河邊等待渡船。
我緩步回去，我不知道為什麼。

15

我像麝香鹿一樣在林蔭中奔走，為著自己的香氣而發狂。
夜晚是五月正中的夜晚，清風是南國的清風。
我迷了路，我遊蕩著，我尋求那得不到的東西，我得到我所沒有尋求的東西。
我渴望的形象從我心中走出，跳起舞來。
這閃現的形象飛過去。
我想把它緊緊捉住，它躲開了，又吸引著我走下去。
我尋求那得不到的東西，我得到我所沒有尋求的東西。

16

手握著手，眼對著眼，這樣開始了我們的心的紀錄。

這是三月的月明之夜，空氣裡有鳳仙花的芬芳，我的橫笛拋在地上，妳的花串也沒有編成。

妳我之間的愛像歌曲一樣的單純。

妳橙黃色的面紗使我眼睛陶醉。

妳為我編的茉莉花環使我心震顫，像是受了讚揚。

這是一個又給又留、又隱又現的遊戲，有些微笑，有些嬌羞，也有些溫柔的、無用的。

妳我之間的愛像歌曲一樣的單純。

沒有現在以外的神祕，不強求那做不到的事情，沒有魅惑後面的陰影，沒有黑暗深處的探索。

妳我之間的愛像歌曲一樣的單純。

我們沒有跳出所有語言之外進入永遠的沉默，我們沒有對空舉手尋求希望以外的東西。

我們付出，我們取得，這就夠了。
我們沒有把喜樂壓成微塵來榨取痛苦之酒。
妳我之間的愛像歌曲一樣的單純。

17

黃鳥在自己的樹上歌唱，使我的心歡喜。
我們兩人住在同個村子裡，這是我們的一份快樂。
她心愛的一對小羊，到我的樹蔭下吃草。
牠們若走進我的麥田，我就把牠們抱在懷裡。
我們的村子名叫康遮那，人們叫村中的小河安遮那。
我的名字村人都知道，她的名字是軟遮那。
我們中間只隔著一塊田地。
在我們樹上的蜜蜂，飛到他們林中去採蜜。
從他們街上落下的落花，漂到我們洗澡的池塘裡。
一筐一筐的紅花從他們田裡送到我們的市集上。
我們的村子名叫康遮那，人們叫村中的小河安遮那。
我的名字村人都知道，她的名字是軟遮那。
到她家去的那條小巷，春天充滿了芒果的花香。
他們亞麻籽收成的時候，我們田裡的苧麻正在盛開。

在他們房子上微笑的星辰，送給我們同樣的閃亮。
在他們水槽裡裝滿的雨水，也讓我們的樹林喜樂。
我們村子名叫康遮那，人們叫村中的小河安遮那。
我的名字村人都知道，她的名字是軟遮那。

18

當這兩個姐妹出去打水的時候，來到這地點，她們微笑了。
她們一定察覺到，每次她們出來打水的時候，那個站在樹後的人。
姐妹倆相互耳語，當她們走過這地點的時候。
她們一定猜到了，每逢她們出來打水的時候，那個人站在樹後的祕密。
她們的水瓶忽然傾倒，水倒出來了，當她們走到這地點的時候。
她們一定發覺，每逢她們出來打水的時候，那個站在樹後的人的心正在跳著。
姐妹倆相互瞥了一眼又微笑了，當她們來到這地點的時候。
她們飛快的腳步裡帶著笑聲，讓這個每逢她們出來打水的時候都站在樹後的人心魂繚亂了。

19

妳腰間摟著灌滿的水瓶，在河邊路上行走。

妳為什麼急遽地回頭，從飄揚的面紗裡偷偷地看我？

這個從黑暗中向我送來的視線，像涼風在粼粼的微波上掠過，一陣震顫直到陰涼的岸邊。

它向我飛來，像夜中的小鳥急遽地穿過沒有燈的屋子的兩邊打開的窗戶，又在黑夜中消失了。

妳像一顆隱藏在山後的星星，我是路上的行人。

但是妳為什麼站了一會，從面紗中瞥視我的臉，當妳腰間摟著灌滿的水瓶在河邊路上行走的時候？

20

他天天來了又走。

去吧，把我頭上的花朵送去給他吧，我的朋友。

假如他問贈花的人是誰，請你不要把我的名字告訴他——因為他來了又要走。

他坐在樹下的地上。

用繁花樹葉給他鋪設一個座位吧，我的朋友。

他的眼神是憂鬱的，把憂鬱帶到我的心中。

他沒有說出他的心事；他只是來了又走。

21

他為什麼特地來到我的門前，這年輕的遊子，當天色黎明的時候？
每次我經過他的身旁，我的眼睛總被他的臉龐所吸引。
我不知道我應該和他說話還是保持沉默。他為什麼特地到我門前來呢？
七月的夜是陰沉的；秋日的天空是淺藍的，南風把春天吹得蕩漾。
他每次用新調編著新歌。
我放下工作，眼裡充滿霧氣。他為什麼特地到我門前來呢？

22

當她快步走過我的身旁，她的裙子邊緣觸到了我。

心中的無名小島上忽然吹來了一陣春天的溫馨。

一剎那的繚亂掃拂過我，立刻又消失了，像扯落了的花瓣在和風中飄揚。

它落在我的心上，像她身軀的嘆息和她心靈的低語。

23

妳為什麼悠閒地坐在那裡，把鐲子玩得叮噹作響呢？
妳的水瓶灌滿了吧。是妳應該回家的時候了。
妳為什麼悠閒地撥弄著水，偷偷地瞥視路上的行人呢？
灌滿妳的水瓶回家去吧。
早晨的時間過去了——沉黑的水一直地流逝。
波浪相互低語嬉笑玩耍著。
流蕩的雲朵聚集在遠處高地的天邊。
它們流連著，悠閒地看著妳的臉微笑著。
灌滿妳的水瓶回家去吧。

24

不要藏起你內心的祕密，我的朋友！

對我說吧，祕密地對我一個人說吧。

你笑得這樣溫柔、說得這樣輕軟的人，我的心聽著你的語言，不是我的耳朵。

夜深沉，庭寧靜，鳥巢也被睡眠籠罩著。

從躊躇的眼淚裡，從沉吟的微笑裡，從溫柔的羞怯和痛苦裡，把你內心的祕密告訴我吧！

25

「到我們這裡來吧，青年人，老實告訴我們，為什麼你眼裡帶著瘋癲？」

「我不知道我喝了什麼酒，使我的眼帶著瘋癲。」

「呵，多難為情！」

「好吧，有的人聰明有的人愚拙，有的人細心有的人馬虎。有的眼睛會笑，有的眼睛會哭——我的眼睛是帶著瘋癲的。」

「青年人，你為什麼這樣站立在樹影下呢？」

「我的腳被我沉重的心壓得疲倦了，我就在樹影下站立著。」

「呵，多難為情！」

「好吧，有人一直行進，有人到外流連，有的人是自由的，有的人是鎖住的——我的腳被我沉重的心壓得疲倦了。」

26

「從你慷慨的手裡所給予的，我都接受。我別無所求。」

「是了，是了，我懂你，謙卑的乞丐，你是乞求一個人所有的一切。」

「若是你給我一朵殘花，我也要把它戴在心上。」

「若是那花上有刺呢？」

「我就忍受著。」

「是了，是了，我懂你，謙卑的乞丐，你是乞求一個人所有的一切。」

「如果你在我臉上瞥來一次愛憐的目光，就會使我的生命直到死後還是甜蜜的。」

「假如那只是殘酷的目光呢？」

「我要讓它永遠刺穿我的心。」

「是了，是了，我懂你，謙卑的乞丐，你是乞求一個人所有的一切。」

27

「即使愛只帶給你哀愁，也信任它。不要把你的心關起。」
「呵，不，我的朋友，你的話語太隱晦了，我不懂。」
「心應該是和一滴眼淚、一首詩歌一起送給人的，我的愛人。」
「呵，不，我的朋友，你的話語太隱晦了，我不懂。」
「喜樂像露珠一樣的脆弱，它在歡笑中死去。哀愁卻堅強而耐久。讓哀愁的愛在你眼中甦醒吧。」
「呵，不，我的朋友，你的話語太隱晦了，我不懂。」
「荷花在白日開放，丟掉了自己所有的一切。在永生的冬霧裡，它將不再含苞。」
「呵，不，我的朋友，你的話語太隱晦了，我不懂。」

28

妳疑問的眼光是哀愁的。它要探測我的意思，好像月亮探測大海。

我已經把我生命的始終，全部暴露在妳的眼前，沒有任何隱祕和保留。因此妳不認識我。

假如它是一塊寶石，我就能把它碎成千百顆粒，穿成項鍊掛在妳的頸上。

假如它是一朵花，圓圓小小香香的，我就能從枝上採來戴在妳的髮上。

但是它是一顆心，我的愛人。何處是它的邊和底？

妳不知道這個王國的邊界，但妳仍是這王國的女王。

假如它是片刻的歡娛，它將在笑中開花，妳立刻就會看到、懂得了。

假如它是一陣痛苦，它將融化成晶瑩眼淚，反映出它最深的祕密。

但是它是愛，我的愛人。

它的歡樂和痛苦是無邊的，它的需求和財富是無盡的。

它和妳親近得像妳的生命一樣，但是妳永遠不能完全了解它。

29

對我說吧，我的愛人！用言語告訴我你唱的是什麼。

夜是深黑的，星星消失在雲裡，風在樹叢中嘆息。

我將披散我的頭髮，我的披風將像黑夜一樣地緊裹著我。我把頭緊抱在胸前：在溫柔的寂寞中在你心頭低訴。我將閉目靜聽。我不會看向你的臉。

等到你的話說完了，我們將沉默靜坐。只有樹群在黑暗中微語。

天光將曉。我們將望向彼此的眼睛，然後各走各的路。

對我說話吧，我的愛人！用言語告訴我你唱的是什麼。

30

你是一朵夜雲，在我夢幻中的天空飄浮。
我會永遠用愛戀的渴望來描寫你。
你是我一個人的，我一個人的，我無盡的夢幻中的居住者！
你的雙腳被我急切的熱光染得緋紅，我落日之歌的蒐集者！
我的痛苦之酒使你的唇苦甜。
你是我一個人的，我一個人的，我寂寥的夢幻中的居住者！
我用熱情的染黑了你的眼睛；我凝視著深處的靈魂！
我捉住了你，纏住了你，我的愛人，在我音樂的天羅地網裡。
你是我一個人的，我一個人的，我永生的夢幻中的居住者！

31

我的心，這隻野鳥，在你的雙眼中找到了天空。
它們是清晨的搖籃，它們是星辰的王國。
我的詩歌消失在它們的深處。
讓我在這天空中高飛，翱翔在寂靜的無限空間裡。
讓我衝破它的雲層，在它的陽光中展翅吧。

32

告訴我，這一切是否都是真的。我的情人，告訴我，這是否是真的。

當這一對眼睛閃出火花，你胸中的濃雲發出暴風的回答。

我的唇，是否真的像初戀的蓓蕾那樣香甜嗎？

已消失了的五月回憶仍舊流連在我的肢體上嗎？

那大地，像一把琴，真的因為我雙腳的踏觸而成詩歌嗎？

當我來時，夜的眼睛裡落下露珠，晨光也真的因為圍繞我的身軀而感到喜悅嗎？

是真的嗎，是真的嗎，你的愛是貫穿許多時代、許多世界來尋找我嗎？

當你最後找到了我，你天長地久的渴望，在我溫柔的話裡，在我的眼睛嘴唇和飄揚的頭髮裡，找到了完全的寧靜嗎？

那麼「無限」的神祕是真的寫在我小小的額頭上嗎？

告訴我，我的情人，這一切是否都是真的。

33

我愛你，我的愛人。請饒恕我的愛。

像一隻迷路的鳥，我被捉住了。

當我的心顫抖的時候，它丟掉圍紗，變成赤裸。用憐憫遮住它吧。愛人，請饒恕我的愛。

如果你不能愛我，愛人，請饒恕我的痛苦。

不要遠遠地斜視我。

我將偷偷地回到我的角落裡去，在黑暗中坐下。

我將用雙手遮掩我赤裸的羞慚。

別過臉去吧，我的愛人，請饒恕我的痛苦。

如果你愛我，愛人，請饒恕我的歡樂。

當我的心被快樂的洪水沖走的時候，不要笑我洶湧的退卻。

當我坐在寶座上，用我暴虐的愛來統治你的時候，當我像女神一樣向你施恩的時候，饒恕我的驕傲吧，愛人，也饒恕我的歡樂。

34

不要不辭而別，我的愛人。
我看守了一夜，現在我臉上睡意重重。
只怕我在睡夢中把你丟失了。
不要不辭而別，我的愛人。
我驚坐起伸出雙手去觸摸你，我問自己說：
「這是一個夢嗎？」
但願我能用我的心綁住你的雙腳，緊抱在胸前！
不要不辭而別，我的愛人。

35

只怕我太容易地認得你，你對我耍花招。
你用歡笑的光芒使我看不清楚以掩蓋你的眼淚。
我知道，我知道你的妙計。
你從來不說出你所要說的話。
只怕我不珍惜你，你千方百計地閃避我。
只怕我把你和大家混在一起，你獨自站在一旁。
我知道，我知道你的妙計，
你從來不走你所要走的路。
你的要求比別人都多，因此你才靜默。
你用嬉笑的無心來迴避我的贈予。
我知道，我知道你的妙計，
你從來不肯接受你想接受的東西。

36

他低聲說：「我的愛人，張開眼睛吧。」

我嚴厲地責罵他說：「走！」但是他不動。

他站在我面前拉住我的雙手。我說：「躲開我！」但是他沒有走。

他把臉靠近我的耳邊。我瞪他一眼說：「不要臉！」但是他沒有動。

他的嘴唇碰觸到我的臉頰。我震顫了，說：「你太大膽了！」但是他不怕。

他把一朵花插在我頭髮上。我說：「這也沒有用！」但是他站著不動。

他取下我頸上的花環就走開了。我哭了，問我的心說：「他為什麼不回來呢？」

37

「妳願意把妳的花環掛在我的頸上嗎，佳人？」

「但是妳要曉得，我編的那個花環，是給大家的，給那些偶然見到的人，住在未開發大地上的人，住在詩人歌曲裡的人。」

現在來請求我的心作為答禮已經太晚了。

曾經，我的生命像一朵蓓蕾，它所有的芬芳都儲藏在花心裡。

現在它已四處發散。

誰曉得用什麼魅力，可以把它們收集起來呢？

我的心不容許我只給一個人，它是要給予許多人的。

38

我的愛人，從前有一天，妳的詩人把一首偉大史詩投進他心裡。

呵，我不小心，它打到妳叮噹響的腳鍊上而引起悲愁。

它裂成詩歌的碎片散落在妳的腳邊。

我載滿一切古代戰爭的貨物，都被笑浪所顛簸，被眼淚浸透而下沉。

妳必須讓這損失成為我的收穫，我的愛人。

如果我死後能擁有不朽的榮名的希望已破滅了，那就在生前讓我不朽吧。

我將不會為這損失傷心，也不會責怪妳。

39

整個早上我想編一個花環，但是花兒滑落了。

你坐在一旁偷偷地從眼角看著我。

問這一雙惡作劇的眼睛，這是誰的錯。

我想唱一首歌，但是唱不出來。

一個竊笑在你唇上顫動；你問它我失敗的原因。

讓你微笑的唇發誓，說我的歌聲怎樣地消失在沉默裡，像一隻在荷花裡沉醉的蜜蜂。

夜晚了，是花瓣合起的時候了。

容許我坐在你的旁邊，容許我的唇做那在沉默中、在星辰的微光中能做的工作吧。

40

一個懷疑的微笑在你眼中閃爍，當我來向你告別的時候。

我這樣做的次數太多了，你猜想我很快又會回來。

告訴你實話，我自己心裡也有同樣的懷疑。

因為春天年年回來；滿月道過別又來訪問，花兒每年在樹枝上紅暈著臉回來，很可能我向你告別只為的是要再回到你的身邊。

但是把這幻象保留一會吧，不要冷酷粗率地把它趕走。

當我說我要永遠離開你的時候，就當作真話來接受它，讓淚水暫時加深你眼下的黑影。

當我再來的時候，隨便你怎樣地笑吧。

41

我想對你說出我要說的、最深的話語，我不敢，我怕你笑話。
因此我嘲笑自己，把我的祕密在玩笑中打碎。
我把我的痛苦說得輕鬆，因為怕你會這樣做。
我想對你說出我要說的、最真的話語，我不敢，我怕你不信。
因此我弄真成假，說出和我的真心相反的話。
我把我的痛苦說得可笑，因為我怕你會這樣做。
我想用最寶貴的詞語來形容你，我不敢，我怕得不到相當的報酬。
因此我說你苛刻，顯示我的骨頭硬。
我傷害你，因為怕你永遠不知道我的痛苦。
我渴望靜默地坐在你的身旁，我不敢，我怕我的心會跳到我的唇上。
因此我輕鬆地說東道西，把我的心藏在語言的深處。
我粗暴地對待我的痛苦，因為我怕你會這樣做。
我渴望從你身邊走開，我不敢，怕你看出我的怯懦。
因此我隨隨便便地昂首走到你的面前。
從你眼裡頻頻擲來的刺激，讓我的痛苦永遠新鮮。

42

呵，瘋狂的、頭號的醉漢；
如果你踢開門在大眾面前裝瘋；
如果你在一夜倒空財物，對慎重輕蔑地彈著指頭；
如果你走著奇怪的道路，和無益處的東西遊戲；
不理會韻律和理性；
如果你在風暴前揚起船帆，你把船舵折成兩半，
那麼我就要跟隨你，夥伴，喝得爛醉走向墮落滅亡。
我在穩重聰明的街坊中間虛度了日日夜夜。
過多的知識使我白了頭髮，過多的觀察使我眼力模糊。
多年來我累積了許多零碎的東西；
把這些東西摔碎，在上面跳舞，把它們擲到風中去吧。
因為我知道喝得爛醉而墮落滅亡，是最高的智慧。
讓一切歪曲的顧慮消失吧，讓我無望地迷失路途。
讓一陣旋風吹來，把我連船錨一齊捲走。

世界上住著高尚的人，勞動的人，有用又聰明。
有的人很從容地走在前頭，有的人莊重地走在後面。
讓他們快樂繁榮吧，讓我傻呆無用吧。
因為我知道喝得爛醉而墮落滅亡，是一切工作的結局。
我此刻誓將一切的要求，讓給正人君子。
我拋棄自豪的學識和是非的判斷。
我打碎記憶的水瓶，揮灑最後的眼淚。
以紅酒的泡沫來洗澡，讓我歡笑發出光輝。
我暫且撕裂謙恭和認真的標誌。
我發誓做一個無用的人，喝得爛醉而墮落滅亡下去。

43

不，我的朋友，我永遠不會做一個苦行者，隨便你怎麼說。

我將永遠不做一個苦行者，假如她不和我一起受戒。

這是我堅定的決心，如果我找不到一個陰涼的住處和一個懺悔的伴侶，我將永遠不會變成一個苦行者。

不，我的朋友，我將永遠不離開我的爐火與家庭，退隱到深林裡面；

如果在林蔭中沒有迴響的歡笑；如果沒有金色的衣裙在風中飄揚；

如果它的幽靜不因輕柔的微語而加深；

我將永遠不會做一個苦行者。

44

尊敬的長者，饒恕這一對罪人吧。

今天春風猖狂地吹起，把塵土和枯葉都掃走了，你的功課也隨著一起丟掉了。

師父，不要說生命是虛空的。

因為我們和死亡訂下合約，在一段溫馨的時間中，我們兩個變成不朽。

即使是國王的軍隊凶猛地前來追捕，我們將憂愁地搖頭說，弟兄們，你們打擾了我們。如果你們必須吵鬧，到別處去敲擊你們的武器吧。因為我們剛在這片刻飛逝的時光中變成不朽。

如果親切的人們把我們圍起來，我們將恭敬地向他們鞠躬說，這個榮幸使我們慚愧。在我們居住的天空之中，沒有多少空隙。因為春天繁花盛開，蜜蜂的忙碌的翅膀也彼此摩擦。只住著我們兩個人的小天堂，狹小得太可笑了。

45

對那些一定要離開的客人們，求神幫助他們快走，並且掃掉他們所有的足跡。
把舒服的、單純的、親近的微笑一起抱在你的懷裡。
今天是幻影的節日，他們不知道自己的死期。
讓你的笑聲作為無意義的歡樂，像浪花上的閃光。
讓你的生命像露珠在葉尖一樣，在時間的邊緣上輕輕跳舞。
在你的琴弦上彈出無定的、暫時的音調吧。

46

妳離開我自己走了。

我想我將為妳憂傷，還將用金色的詩歌鑄成妳孤寂的形象，供養在我的心裡。

但是，我的運氣不好，時間短促。

青春一年一年地消逝；春日是暫時的；柔弱的花朵無意義地凋謝，聰明人警告我說，生命只是一顆荷葉上的露珠。

我可以不管這些，只凝望著背棄我的那個人嗎？

這將會是無益的，愚蠢的，因為時間太短暫了。

那麼，來吧，我雨夜的腳步聲；微笑吧，我金色的秋天；來吧，無慮無憂的四月，散播著妳的親吻。

妳來吧，還有妳，也有妳！

我的情人們，妳知道我們都是凡人。為一個取回她心的人而心碎，是件聰明的事情嗎？因為時間是短暫的。

坐在屋裡凝思，把我世界中的妳們都寫在韻律裡，是溫柔的。

抱緊自己的憂傷，絕不受人安慰，是英勇的。

但是一個新的臉龐，在我門外偷窺，直視我的眼睛。
我只能拭去眼淚，更改我歌曲的音調。
因為時間是短暫的。

47

如果妳要這樣，我就停下歌唱。
如果它使妳心震顫，我就把目光從妳臉上挪開。
如果使妳在行走時忽然驚嚇，我就躲開另走別路。
如果在妳編織花環時，使妳煩亂，我就離開妳寂寞的花園。
如果我使水花飛濺，我就不在妳的河邊划船。

48

把我從妳溫柔的束縛中放出來吧，我的愛人，不要再斟上親吻的酒。
香菸的濃霧使我的心窒息。
開啟門來，讓晨光進入吧！
我消失在妳裡面，纏繞在妳愛撫的摺痕之中。
把我從妳的誘惑中放出來吧，把男子氣概還給我，好讓我把得到自由的心貢獻給妳。

49

我握住她的手把她抱緊在胸前。

我想用她的愛來填滿我的懷抱，用親吻來偷得她的甜笑，用我的眼睛來吸飲她的深黑的一瞥。

呵，但是，她在哪裡呢？誰能從天空濾出蔚藍呢？

我想去掌握美；她躲開我，只有軀體留在我的手裡。

失望而困乏地，我回來了。

軀體哪能觸到那只有精神才能觸到的花朵呢？

50

愛，我的心日夜想和你相見——那像吞滅一切的死亡一樣的會面。

像一陣風暴把我捲走；把我的一切都拿去；劈開我的睡眠搶走我的夢。剝奪了我的世界。

在這毀滅裡，在精神的完全赤裸裡，讓我們在美中合一吧。

我的空想是可憐的！除了在你裡面，哪有這合一的希望呢，我的神？

51

那麼唱完最後一首歌就讓我們走吧。
當這夜過完就把這夜忘掉。
我想把誰緊抱在懷裡呢？夢是永不會被捉住的。
我渴望的雙手把「空虛」緊壓在我心上，壓碎了我的胸膛。

52

燈為什麼熄了呢？
我用斗篷遮住它怕它被風吹滅，因此燈熄了。
花為什麼謝了呢？
我熱戀的愛把它緊壓在我的心上，因此花謝了。
泉為什麼乾了呢？
我築起一道堤坊攔住它讓我使用，因此泉乾了。
琴弦為什麼斷了呢？
我強迫彈一個它無法負荷的音節，因此琴弦斷了。

53

為什麼盯著我使我感到羞愧呢？
我不是來乞求的。
只是為了消磨時光，我才來站在你院子的圍籬外。
為什麼盯著我使我感到羞愧呢？
我沒有從你花園裡採走一朵玫瑰，沒有摘下一顆果子。
我謙卑地在任何人都可站立的路邊棚下，找個陰影處。
我沒有採走一朵玫瑰。
是的，我的腳疲乏了，驟雨又落了下來。
風在搖曳的竹林中呼叫。
雲層像敗退似的跑過天空。
我的腳疲乏了。
我不知道你怎樣看我，或是你在門口等什麼人。
閃電昏眩了你的目光。
我怎能知道你會看到站在黑暗中的我呢？

我不知道你怎樣看我。
白日過去，雨勢暫停。
我離開你園裡的樹蔭和草地上的座位。
日光已暗；關上你的門吧；我走我的路。
白日過去了。

54

市集已過，妳在夜晚急忙地提著籃子要到哪裡去呢？
他們都挑著擔子回家去了；月亮從樹葉縫隙中窺下。
呼喚船隻的回聲從深黑的水上傳到遠處野鴨睡眠的沼澤。
在市集已過的時候，妳提著籃子急忙地要到哪裡去呢？
睡眠把她的手指放在大地的雙眼上。
鳥已靜，竹葉的微語也已沉默。
勞動的人們從田間歸來，把蓆子鋪在院子裡。
在市集已過的時候，妳提著籃子急忙地要到哪裡去呢？

55

正午的時候你走了。
烈日當空。
當你走的時候，我已做完了工作，坐在涼亭上。
不定的風吹來，帶著許多遠野的香氣。
鴿子在樹蔭中不停地叫喚，一隻蜜蜂在我屋裡飛著，嗡出許多遠野的消息。
村莊在熱浪中入睡了。路上無人。
樹葉的聲音時有時無。
我凝望天空，把一個我知道的人的名字織在蔚藍裡，當村莊在熱浪中入睡的時候。
我忘記把頭髮盤起。睏倦的風在我臉上和它嬉戲。
河水在樹蔭下平靜地流著。
懶散的白雲動也不動。
我忘了盤起我的頭髮。
正午的時候你走了。
路上塵土灼熱，田野在喘息。

鴿子在樹葉中呼喚。
我獨坐在涼亭上，當你走的時候。

56

我是為平庸的日常家務而忙碌的一個婦女。

你為什麼把我挑選出來，把我從日常生活中帶出來？

沒有表現出來的愛是神聖的。它像寶石般在隱藏的心朦朧裡放閃。在奇異的日光中，它顯得可憐且晦暗。

呵，你打碎我心上的蓋子，把我顫慄的愛情拖到空曠的地方，把我內心陰暗的一角永遠破壞了。

別的女人和從前一樣。

沒有一個人窺探到自己的最深處，她們不知道自己的祕密。她們輕快地微笑，哭泣，談話，工作。她們每天到廟裡去，點上她們的燈，還到河中取水。

我希望能從無止盡的顫慄中救出我的愛情，但是你掉頭不顧。

是的，你的前途是遠大的，但是你把我的歸路切斷了，讓我在世界的日夜瞪視之下赤裸著。

57

我採了你的花，呵，世界！
我把它壓在胸前，花刺傷了我。
日光漸暗，我發現花兒凋謝了，痛苦卻存留著。
許多有香有色的花又將來到你這裡，呵，世界！
但是我採花的時代過去了，黑夜悠悠，我沒有了玫瑰，只有痛苦存留著。

58

有一天早晨，一個盲女獻給我一串蓋在荷葉下的花環。
我把它掛在頸上，淚水湧上我的眼睛。
我吻了它，說：「妳和花朵一樣地盲目。
妳不知道妳的禮物是多麼美麗。」

59

呵，女人，妳不但是神的，而且是人的手工藝品；他們會永遠從心裡用美來打扮妳。

詩人用比喻的金線替妳織網，畫家們以永新的不朽給予妳的身形。

海獻上珍珠，礦獻上金子，夏日的花園獻上花朵來裝扮妳，覆蓋妳，使妳更加美妙。

人類心中的願望，在妳的青春灑上光榮。

妳一半是女人，一半是夢。

60

在生命奔騰怒吼的中流，呵，石頭雕成的「美」，妳冷靜無言，獨自超然地站立著。

「偉大的時間」依戀地坐在妳腳邊低語說：

「說話吧，對我說話吧，我的愛人，說話吧，我的新娘！」

但是妳的話被石頭關住了，呵，「不動的美」！

61

安靜吧，我的心，讓別離的時間溫柔吧。
讓它不是死亡，而是圓滿。
讓愛戀融入記憶，痛苦融入詩歌吧。
讓穿越天空的飛翔在巢裡收斂羽毛中終止。
讓你雙手最後的接觸，像夜中的花朵一樣溫柔。
站住一會吧，呵，「美麗的結局」，用沉默說出最後的話語吧。
我向你鞠躬，舉起我的燈來照亮你的歸途。

62

在夢境的朦朧小路上，我去尋找我前生的愛。
她的房子是在冷靜的街尾。
在晚風中，她養的孔雀在架上昏睡，鴿子在自己的角落裡沉默著。
她把燈放在門邊，站在我面前。
她抬起一雙大眼望著我的臉，無言地問道：「你好嗎，我的朋友？」
我想回答，但是我們的語言迷失而又忘卻了。
我想來想去，怎麼也想不起我們叫什麼名字。
眼淚在她眼中打轉，她向我伸出右手。我握住她的手靜默地站著。
我們的燈在晚風中顫抖著熄滅了。

63

趕路人，你必須走嗎？
夜是靜寂的，黑暗在樹林上昏睡。
我們的高臺上燈火輝煌，繁花鮮美，青春的眼睛還清醒著。
你離開的時間到了嗎？
趕路人，你必須走嗎？
我們不曾用懇求的手臂來抱住你的雙足。
你的門開著。站立在門外的馬，也已上了馬鞍。
如果我們想攔住你的去路，也只能用我們的歌曲。
如果我們曾想挽留你，也只能用我們的眼睛。
趕路人，我們沒有希望留住你，我們只有眼淚。
在你眼裡發光的是什麼樣的不滅之火？
在你血管中奔流的是什麼樣的不凡的熱力？
黑暗中有什麼在召喚你？
你從天上的星星中，唸到什麼可怕的咒語，就是黑夜沉默而異樣地走進你心中時帶來的那個祕密的消息？

如果你不喜歡那熱鬧的集會，如果你需要安靜，困乏的心，我們就吹滅燈火，停止琴聲。

我們將在風聲中靜坐在黑暗裡，疲倦的月亮將在你窗上灑上蒼白的光輝。

呵，路上是什麼不眠的精靈從心中和你接觸了呢？

64

我在大路灼熱的塵土上消磨了一天。
現在，在夜晚涼意中我敲著一座小廟的門。這廟已經荒廢倒塌了。
一棵愁苦的菩提樹，從破牆的裂縫裡伸展出飢餓的樹根。
從前曾有路人到這裡來清洗疲乏的腳。
在新月的微光中，他們在院裡攤開蓆子，坐著談論異地的風光。
早上他們恢復了精神，鳥聲使他們歡悅，友愛的花兒在路邊向他們點首。
但是當我來的時候，並沒有燈在等待我。
只有殘留的燈熏黑的痕跡，像盲人的眼睛，從牆上瞪視著我。
螢火蟲在乾涸池邊的草裡閃爍，竹影在荒蕪的小徑上搖曳。
我在一天之末當了沒有主人的客人。
在我面前的是漫漫的長夜，我疲倦了。

65

又是你呼喚我嗎？

夜來了，困乏像愛的懇求用雙臂圍抱住我。

你叫我了嗎？

我已把整天的工夫給了你，殘忍的人，你還要掠奪我的夜晚嗎？

萬事都有個終結，黑暗的靜寂是個人獨有的。

你的聲音要穿透黑暗來刺擊我嗎？

難道你門前的夜晚沒有音樂和睡眠嗎？

難道那翅膀不響的星辰，從來不攀登你不仁之塔的上空嗎？

難道你園中的花朵，永不在綿軟的死亡中墜地嗎？

你要叫我嗎，你這不安靜的人？

那就讓愛的眼睛，徒然地因著盼望而流淚。

讓燈盞在空屋裡點著。

讓渡船載那些困乏的工人回家。

我把夢想丟下，來奔赴我的召喚。

66

一個流浪的瘋子在尋找點金石。他褐黃色的頭髮亂蓬蓬地蒙著塵土，身體瘦得像個影子。他雙唇緊閉，就像他的緊閉的心門。他燒紅的眼睛就像螢火蟲的螢光在尋找他的愛侶。

無邊的海在他面前怒吼。

喧譁的波浪，在不停地談論那隱藏的珠寶，嘲笑那愚人不懂得它們的意思。

也許現在他不再有希望了，但是他不肯休息，因為尋求變成他的生命——

就像海洋永遠向天伸臂要求得不到的東西——

就像星辰繞著圈，卻要尋找一個永不能到達的目標——

在那寂寞的海邊，那蓬頭垢面的瘋子，也仍舊徘徊著尋找點金石。

有一天，一個村童走上來問：「告訴我，你腰上的那條金鏈是從哪裡來的呢？」

瘋子嚇了一跳——那條本來是鐵的鏈子真的變成金的了；這不是一場夢，但是他不知道是什麼時候變成的。

他狂亂地敲著自己的前額——什麼時候，呵，什麼時候，在他的不知不覺之中成功了呢？

拾起小石去碰碰那條鏈子，然後不看看變化與否，又把它扔掉，這已成了習慣；就是這樣，這瘋子找到了又失去了那塊點金石。

太陽西沉，天空燦金。

瘋子沿著自己的腳印走回，去尋找他失去的珍寶。他氣力盡消，身體彎曲，他的心像連根拔起的樹一樣，凋萎垂在塵土裡了。

67

雖然夜晚緩步走來，讓一切歌聲停歇；
雖然我的夥伴都去休息而你也疲乏了；
雖然恐怖在黑暗中瀰漫，天空的臉也被面紗遮住；
但是，鳥兒，我的鳥兒，聽我的話，不要垂下翅膀。
這不是林中樹葉的陰影，這是大海漲潮，像一條深黑的龍。
這不是盛開茉莉花的跳舞，這是閃光的泡沫。
呵，何處是陽光下的綠岸，何處是你的巢？
鳥兒，呵，我的鳥兒，聽我的話，不要垂下翅膀。
長夜躺在你的路邊，黎明在朦朧的山後睡眠。
星辰屏息地數著時間，柔弱的月兒在夜中漂浮。
鳥兒，呵，我的鳥兒，聽我的話，不要垂下翅膀。
對於你，這裡沒有希望，沒有恐怖。
這裡沒有消息，沒有低語，沒有呼喚。
這裡沒有家，沒有休息的床。

這裡只有你自己的一雙翅膀和無路的天空。
鳥兒，呵，我的鳥兒，聽我的話，不要垂下翅膀。

68

沒有人永遠活著，兄弟，沒有東西可以長久。把這謹記在心及時行樂吧。
我們的生命不是一個老舊的負擔，我們的道路不是一條長長的旅程。
一個單獨的詩人，不必去唱一首舊歌。
花兒凋謝；但是戴花的人不必永遠悲傷。
兄弟，把這個謹記在心及時行樂吧。
必須有一段完全的停歇，好把「圓滿」編進音樂。
生命向它的黃昏落下，為了沉浸於落日之中。
必須把「愛」招回，去飲憂傷之酒。
兄弟，把這謹記在心及時行樂吧。
我們忙著採花，怕被路過的風偷走。
奪取稍縱即逝的接吻，使我們血液奔流雙目發光。
我們的生命是熱切的，願望是強烈的，因為時間在敲著離別之鐘。
兄弟，把這謹記在心及時行樂吧。
我們沒有時間去掌握一件事物，揉碎它又把它丟在地上。

時間急速地走過，把夢幻藏在裙底。
我們的生命是短促的，只有幾天戀愛的工夫。
若是為工作和勞役，生命就變得無盡的漫長。
兄弟，把這謹記在心及時行樂吧。
美對我們是溫柔的，因為她和我們生命息息相關。
知識對我們是寶貴的，因為我們永遠不會有時間去完成它。
一切都在永生的天上做完。但是大地的幻象的花朵，卻被死亡保持得永遠新鮮。
兄弟，把這謹記在心及時行樂吧。

69

我要追逐金鹿。

你也許會訕笑，我的朋友，但是我追求那幻象。

我翻山越嶺，我遊遍許多無名的土地，因為我要追逐金鹿。

你到市場採買，滿載著回家，但不知何時何地，一陣無家之風吹到我身上。

我心中無牽無掛；我把一切都撇在後面。

我翻山越嶺，我遊遍許多無名的土地——因為我在追逐金鹿。

70

我記得在童年時代，有一天我在水溝裡放一艘紙船。
那是七月裡一個陰溼的天，我獨自快樂地嬉戲。
我在溝裡放一艘紙船。
忽然間烏雲密布，狂風怒號，大雨傾注。
渾水像小河般湧流，把我的船沖沒了。
我心裡難過地想：這風暴是故意來破壞我的快樂的，它的一切惡意都是對著我的。
今天，七月的陰天是漫長的，我在回憶我生命中失敗的一切事物。
我抱怨命運，因為它屢次戲弄我，當我忽然憶起我的沉在溝裡的紙船的時候。

71

白日未盡，河岸上的市集未散。
我只怕我的時間浪費了，我的最後一文錢也丟掉了。
但是，沒有，我的兄弟，我還有剩。命運並沒有把我的一切都騙走。
買賣結束了。
兩邊的手續費都收過了，該是我回家的時候了。
但是，看門的，你要你的辛苦錢嗎？
別怕，我還有剩。命運並沒有把我的一切都騙走。
風聲宣布著風暴的威脅，西邊低垂的雲影預報著惡兆。
靜默的河水在等候著狂風。
我怕被黑夜趕上，急忙過河。
呵，船夫，你要收費！
是的，兄弟，我還有剩。命運並沒有把我的一切都騙走。
路邊樹下坐著一個乞丐。可憐，他含著羞怯看著我的臉！
他以為我富足地攜帶著一天的利潤。

是的，兄弟，我還有剩。命運並沒有把我的一切都騙走。

夜色愈深，路上靜寂。螢火蟲在草間閃爍。

誰以悄悄的在跟著我？

呵，我知道，你想掠奪我獲得的一切。我不會讓你失望！

因為我還有剩。命運並沒有把我的一切都騙走。

夜半到家。我兩手空空。

你帶著急切的眼睛，在門前等我，無眠而靜默。

像一隻羞怯的鳥，你滿懷熱愛地飛到我胸前。

哎，哎，我的神，我還有許多。命運並沒有把我的一切都騙走。

72

用了幾天的苦工，我蓋起一座廟宇。這廟裡沒有門窗，牆壁是用石板厚厚地疊起的。

我忘掉一切，我躲避大千世界，我凝視著我安放在神龕裡的神像。

裡面永遠是黑夜，用香油的燈盞來照明。

不斷的香煙，把我的心繚繞在沉重的螺旋裡。

我徹夜不眠，用扭曲混亂的線條在牆上刻劃出一些奇異的圖形——長出翅膀的馬，人面的花，四肢像蛇的女人。

我不在任何地方留下一絲縫隙，讓鳥的歌聲，葉的細語，或村鎮的喧囂得以進入。

在沉黑的屋頂上，唯一的聲音是我禮讚的迴響。

我的心思變得強烈而鎮定，像一個尖尖的火焰。我的感官在狂歡中暈厥。

我不知時間如何度過，直到巨雷劈震了這座廟宇，一陣劇痛刺穿我的心。

燈火顯得蒼白而羞愧；牆上的刻畫像是被鎖住的夢，無意義地瞪視著，彷彿要躲藏起來。

我看著神龕上的神像，我看見祂微笑了，和神活生生的接觸，祂活了起來。被我囚禁的黑夜，展起翅來飛去了。

73

無量的財富不是妳的，我耐心的微黑的塵土母親。
妳操勞著來餵飽妳孩子們的嘴，但是糧食是很少的。
妳給我們的歡樂禮物，永遠不是完整的。
妳為孩子們做的玩具，是不牢固的。
妳無法滿足我們一切的渴望，但是我能為此就背棄妳嗎？
妳含著痛苦陰影的微笑，對我的眼睛是溫柔的。
妳永不滿足的愛，對我的心是親切的。
從妳的母乳裡，妳以生命而不是以不朽來哺育我們，因此妳的眼睛永遠是警醒的。
妳經年累月地用顏色和詩歌來工作，但是妳的天堂還沒有蓋起，僅有天堂愁苦的意味。
妳美麗的創造蒙著淚霧。
我將把我的詩歌傾注入妳無言的心裡，把我的愛傾注入妳的愛中。
我將用勞動來敬拜妳。
我看見過妳溫慈的臉龐，我愛妳悲哀的塵土，大地母親。

74

在世界的殿堂裡，一根樸素的草葉，和陽光與夜半的星辰坐在同一條棉被上。

我的詩歌，同樣地也和雲彩與森林的音樂，在世界的心中平分席次。

但是，你這富有的人，你的財富，在太陽喜悅的金光和沉思月亮的柔光這種單純的光彩裡，卻占不了半份。

天空包羅萬象的祝福，沒有灑在它的上面。

等到死亡出現的時候，它就蒼白枯萎，碎成塵土了。

75

夜半，那個自稱修行的人宣告說：
「棄家求神的時候到了。呵，誰讓我住在妄想裡這麼久呢？」
神低聲道：「是我。」但是這個人的耳朵是塞住的。
他的妻子和吃奶的孩子一同躺著，安靜地睡在床的那邊。
這個人說：「什麼人把我騙了這麼久呢？」
聲音又說：「是神。」但是他聽不見。
嬰兒在夢中哭了，挨近他的母親。
神命令說：「別走，傻子，不要離開你的家。」但是他還是聽不見。
神嘆息又委屈地說：「為什麼我的僕人要把我丟下，到處去找我呢？」

76

廟前正在進行集會。從一早就下雨，這一天快過去了。
比群眾的歡樂還閃耀的，是一個花一塊錢買到一個哨子的小女孩的微笑。
哨子尖脆歡樂的聲音，飄蕩在一切笑語喧譁之上。
無盡的人群擠在一起，路上泥濘，河水漲，雨在不停地下著，田地都沒在水裡。
比群眾的煩惱更深的，是一個小男孩的煩惱——他連買一根小棍棒的錢都沒有。
他苦悶的眼睛望著那間小店，使得這整個人群的集會變成悲憫的。

77

鄉下來的工人和他的妻子正忙著替磚窯挖土。

他們的小女兒到河邊的碼頭上，她不斷地擦洗碗盤。

她的小弟弟，光著頭，赤裸著黝黑塗滿泥土的身軀，跟著她，聽她的話，在高高的河岸上耐心地等著她。

她頂著滿的水瓶，平穩地走回家去，左手提著發亮的銅壺，右手拉著那個孩子——她是媽媽的小丫頭，繁重的家務使她變得嚴肅。

有一天我看見那赤裸的孩子伸著腿坐著，

他姐姐坐在水裡，用一把土轉來轉去地擦洗一個水壺。

一隻毛茸茸的小羊，在河岸上吃草。

牠走過這孩子身邊，忽然大叫了一聲，孩子嚇得哭喊著。

他姐姐放下水壺跑上岸來。

她一隻手抱起弟弟，一隻手抱起小羊，把她的撫摸分成兩半，人類和動物的後代在慈愛的連結中合一了。

78

在五月天裡，悶熱的正午彷彿無盡地悠長。乾地在灼熱中渴得張開口。

當我聽到河邊有個聲音叫道：「來吧，我的寶貝！」

我合上書開窗查看。

我看見一隻背上都是泥土的大水牛，眼光沉著地站在河邊；

一個小夥子站在高度及膝的水裡，在叫牠去洗澡。

我高興而微笑了，我心裡感到一陣溫柔的觸動。

79

我常常思索，人和動物之間沒有語言，他們心中互相認識的界線在哪裡。

在遠古時期的清晨，透過一條單純的小徑，他們的心曾彼此訪問過。

他們的親屬關係早被忘卻，他們不變的足印符號並沒有消滅。

可是忽然在無言的音樂中，那模糊的記憶清醒了，動物用溫柔的信任注視著人的臉，人也用嬉笑的感情望著它的眼睛。

好像兩個朋友戴著面具相逢，在偽裝下彼此模糊地相認著。

80

用一陣的秋波，你能從詩人的琴弦上奪去一切詩歌的財富、美妙的女人！
但是你不願聽他們的讚揚，因此我來頌讚你。
你能使世界上最驕傲的人在你腳前俯伏。
但是你願意崇拜你所愛的、沒有名望的人們，因此我崇拜你。
你完美雙臂的碰觸，能在帝王的榮光上加上光榮。
但你卻用你的手臂去掃除塵土，使你微小的家庭整潔，因此我心中充滿了欽佩。

81

你為什麼這樣低聲地對我耳語，呵，「死亡」，我的「死亡」？

當花兒晚謝，牛兒歸棚，你偷偷地走到我身邊，說出我不了解的話語。

難道你必須用昏沉的微語和冰冷的接吻來向我求愛，來贏得我心嗎，呵，「死亡」，我的「死亡」？

我們的婚禮不會有鋪張的儀式嗎？

在你褐黃的捲髮上不戴上花串嗎？

在你前面沒有舉旗的人嗎？你也沒有通紅的火炬，使黑夜像著火一樣的明亮嗎，呵，「死亡」，我的「死亡」？

你吹著號角來吧，在無眠之夜來吧。

替我穿上紅衣，緊握我的手娶走我吧。

讓你駕著急躁嘶叫的馬車，準備好等在我門前吧。

揭開我的面紗驕傲地看我的臉吧，呵，「死亡」，我的「死亡」。

82

我們今夜要玩「死亡」的遊戲，我的新娘和我。
夜是深黑的，空中的雲霧是翻騰的，波濤在海裡咆哮。
我們離開夢的床榻，推門出去，我的新娘和我。
我們坐在鞦韆上，狂風從後面猛烈地推送我們。
我的新娘嚇得又驚又喜，她顫抖著緊靠在我的胸前。
許多日子我溫柔地服侍她。
我替她鋪一個花床，我關上門不讓強烈的光照射在她眼上。
我輕輕地吻她的嘴唇，軟軟地在她耳邊低語，直到她睏倦得陷入昏睡。
她消失在模糊的無邊溫柔的雲霧之中。
我撫摸她，她沒有反應；我的歌唱也無法把她喚醒。
今夜，風暴從曠野中被召喚來。
我的新娘顫抖著站起，她牽著我的手走了出來。
她的頭髮在風中飛揚，她的面紗飄動，她的花環在胸前沙沙作響。
死亡的推送搖晃著她。
我們看著彼此，心心相印，我的新娘和我。

83

她住在玉米田邊的山旁，靠近那股嬉笑著流經莊嚴的古樹陰影的清泉。女人們提水罐到這裡裝水，過客們在這裡談話休息。她每天隨著潺潺的泉水幻想。

有一天，一個陌生人從雲中的山上下來；他的頭髮像蛇一樣的紛亂。我們驚奇地問：「你是誰？」他不回答，只坐在喧鬧的水邊，沉默地望著她的茅屋。我們嚇得心驚膽跳。到了夜裡，我們都回家了。

第二天早上，女人們到杉樹下的泉邊取水，她們發現她茅屋的門開著，但是，她的聲音消失了，她到哪裡去了呢？

空罐立在地上，她屋裡的燈，油盡火滅了。沒有人曉得在黎明以前她跑到哪裡去了——那個陌生人也不見了。

到了五月，陽光漸強，冰雪化盡，我們坐在泉邊哭泣。我們心裡想：「她去的地方有泉水嗎，在這炎熱焦渴的天氣中，她能到哪裡去取水呢？」我們惶恐地互問：「在我們住的山外還有地方嗎？」

夏天的夜裡，微風從南方吹來；我坐在她的空屋裡，沒有點上的燈仍在那裡立著。忽然間那座山峰，像拉開簾幕一樣從我眼前消失了。「呵，那是她來了。妳好嗎，我的孩子？妳快樂嗎？在無邊的天空下，妳有個陰涼的地方嗎？可憐，我們的泉水不在這裡供妳解渴。」

「那邊還是那個天空，」她說，「只是不受山峰的阻隔——也還是那股流泉匯成江河——也還是那片土地伸廣變成平原。」「一切都有了，」我嘆息說，「只有我們不在。」她愁笑著說：「你們在我的心裡。」我醒來聽見流水潺潺，杉樹的葉子在夜中沙沙地響著。

84

黃綠色的稻田上掠過秋雲的陰影，後面是狂追的太陽。
蜜蜂被光明所陶醉，忘了吸花蜜，只痴呆地飛翔嗡唱。
島上河裡的鴨群，無緣無故地歡樂吵鬧。
我們都不回家吧，兄弟們，今天早晨我們都不去工作。
讓我們以狂風暴雨之勢占領青天，讓我們飛奔著搶奪空間吧。
笑聲飄浮在空氣上，像洪水上的泡沫。
兄弟們，讓我們把清晨浪費在無用的歌曲上面吧。

85

你是什麼人，讀者，百年後讀著我的詩？

我不能從春天的財富裡送你一朵花，天邊的雲彩裡送你一片金影。

開起門來看看吧。

從你群花盛開的園子裡，採取百年前消逝了的花兒的芬芳記憶。

在你歡樂的心裡，願我感到一個春晨吟唱的歡樂，把它快樂的聲音，流傳一百年的時間。

愛人的餽贈

逝去的青春送來消息，它對我說：「在微笑成熟為淚花，時光為未出唇的歌聲而痛苦的尚未降臨人間的五月的震顫裡，我在等著你。」

1

你寧願放任皇權消失，卻希望一滴愛的淚珠永存。
歲月無情，它毫不憐憫人的心靈，它嘲笑因不肯忘卻而徒勞掙扎的心靈。
你用美誘惑它，使它著迷而被俘，你給無形的死神戴上了永不凋謝的王冠。
靜夜無聲，你在情人耳邊傾訴的悄悄私語已經鐫刻在永恆沉默的白石上。
儘管帝國皇權已經化為粉塵，歷史已經沒沒無聞，而那白色的大理石依然向滿天的繁星嘆息說：「我記得！」

「我記得！」——然而生命卻忘卻了。因為生命必須奔赴永恆的徵召，她輕裝啟程，把一切記憶留在孤獨淒涼的美的形象裡。

2

我的愛人，到我的花園裡漫步吧。穿過撲來熱情的繁花，不去管她們的殷勤。只為像夕陽的燦爛般突發的欣喜，你且暫停一下腳步，然後飄然逸去。

愛的贈禮是羞怯的，它從不肯說出自己的名字；它輕快地掠過幽暗，沿途灑下一陣喜悅的震顫。追上它抓住它，否則就永遠失去了它。然而，能夠緊握在手中的愛的贈禮，也不過是一朵嬌弱的小花，或是一絲搖曳不定的燈光。

3

我的果園中，果實纍纍，擠滿枝頭；它們在陽光下，因自己的豐滿、蜜汁欲滴而煩惱著。

我的女王，請驕傲地走進我的果園，坐在樹蔭下，從枝頭摘下熟透的果子，讓它們盡量把它們甜蜜的負擔卸在妳的雙唇上。

在我的果園中，蝴蝶在陽光中舞蹈，樹葉在輕輕搖動，果實喧鬧著，它成熟了。

4

她貼近我的心，就像花草貼緊大地；她對我說來是如此甜蜜，猶如睡眠之子疲憊的肢體；我對她的愛就是我的整個生命的氾濫，似秋日上漲的河水，無聲地縱情奔流；我的歌和我的愛為一體，就像溪流的潺潺漣漪，用它的波浪和水流歌唱。

5

如果我占有了天空和滿天的繁星，如果我占有了世界和無量的財富，我仍有更多的要求。但是，只要我有了她，即使在這個世界上我只有一塊立錐之地，我也會心滿意足。

6

詩人，春光明媚豪奢，你應當放聲讚美那些毫不流連的匆匆過客，那些歡笑著奔向前方從不回頭的人，那些像花朵般在恣情歡樂時怒放，轉瞬即逝，終不悔恨的人。

請不要默默無言地坐下來，去數你過去的悲歡——不要停下腳步，去拾起隔夜鮮花落下的花瓣；不要去苦苦追求你不理解的東西，去辨別它費解的寓意——不要試圖去填滿生命的空白，因為，音樂就來自那空白深處。

7

我已所剩無幾，其餘的都在整個無憂無慮的夏天漫不經心地揮霍掉了。現在，它只夠譜一首短歌唱給妳聽；只夠編一個小小的花環，輕輕放上妳的手腕；只夠用一朵小花做一只耳環，像一粒圓潤的粉紅色珍珠，一聲羞赧的低語，懸垂在妳的耳邊；只夠在黃昏樹蔭下，小小的賭注中，孤注一擲，輸個乾淨。

我的小船是簡陋的，又容易破損，不能在暴風雨中迎著驚濤駭浪前進。但是，只要妳肯輕輕地踏上它，我願緩緩划動雙槳，載妳沿著河岸航行；那裡，深藍的水面上微波蕩漾，如同被夢幻揉皺的睡眠；那裡，鴿子在低垂的枝頭咕咕鳴叫，給正午的樹蔭籠上一層憂鬱。日落人倦時，我將採一朵露滴晶瑩的睡蓮，簪上妳的秀髮，然後向妳告別。

8

我的小船載滿了人，裝滿了貨，但是，我怎能拒絕妳呢？妳孤身一個，只帶了幾束稻穀。妳年輕，身材苗條又纖弱；飄忽的微笑在妳的眼角閃爍，妳的黑色長裙像雨天的烏雲。船上當然有妳的位置。

旅客將一路陸續登岸歸去。妳暫且在我的船頭稍停片刻，待船兒靠岸時誰能將妳留住？

妳向何方去，又會到誰家儲藏妳的稻穀？我不會向妳發問。但是，黃昏時，當我落下風帆，停下小船，我會坐下來想著：妳向何方去，又會到誰家儲藏妳的稻穀呢？

9

女人，妳的籃子沉重，妳的四肢疲乏。妳要走多少路？又為尋求什麼利益在奔波？道路是漫長的，烈日下路上的塵土如火一般灼熱。

看哪，湖水深且滿，像烏鴉的眼睛一樣黑。湖岸傾斜，青青嫩草為它鋪上柔軟的地毯。

把妳疲憊的雙足浸在水中吧，這裡午時的微風會為妳梳理飄散的長髮；鴿子咕咕低唱著睡眠曲，綠葉竊竊私語，訴說著隱藏在綠蔭中的祕密。

即使時光流逝，太陽西沉，又有什麼關係呢？即使那橫過荒野的小路迷失在暮色蒼茫裡，又有什麼關係呢？

不要害怕，前面盛開著鳳仙花的籬邊，就是我的家。我將帶妳到那裡，為妳鋪好床，點亮一盞燈。明日清晨，鳥雀驚起時我會將妳喚醒。

10

那驅使蜜蜂——這些無形的蹤跡的追隨者——離開牠們蜂巢的是什麼呀？牠們急遽振動著的翅膀在傳遞什麼消息呢？牠們如何聽到沉睡在花心的音樂呢？牠們又怎麼找到了羞怯無聲安眠在花房的蜜呢？

11

初夏，綠葉剛剛吐出嫩芽。夏天來到海邊花園裡。和煦的南風，輕柔地傳來斷斷續續懶洋洋的歌聲。一天就這樣結束了。

然而，讓愛之花盛開的夏天來到海濱的花園裡吧。讓我的歡樂誕生，讓它拍著手，和洶湧澎湃的歌聲翩翩起舞吧。讓清晨甜蜜而又驚喜地睜大眼睛吧。

12

啊，春天！很久很久以前，你打開天國的南門，降臨混沌初開的大地。人們衝出房屋，歡笑著，舞蹈著，狂喜，互相拋擲著花粉。

歲歲年年，你都帶著你第一次走出天堂時撒在路上的四月的鮮花來到人間。因此，鮮花的濃郁芬芳裡瀰漫著如今已成夢境的歲月的聲聲嘆息——那已消亡世界的眷戀的哀思。你的輕風裡滿載著已從人類語言中消失的古老的愛的傳奇。

有一天，你突然闖進我因初戀而焦急震顫的心靈，帶來新的奇蹟。從此，年復一年，那從未經歷過歡樂的溫柔的羞怯便藏在你檸檬綠色的蓓蕾裡；我心中難以描訴的柔情便留在默默無言、如燃燒的火焰似的紅玫瑰中；我生命中最美好的一頁——那熱情奔放的五月時光的深切懷念，便和你年年新綠的嫩葉悄悄低語。

13

昨夜，在花園裡，我向妳獻上青春洋溢的醇酒。妳舉起杯，放在唇邊，闔上雙眼微笑著。我撩起妳的面紗，撥散妳的長髮，將妳那寧靜而又洋溢著柔情蜜意的臉龐貼在我的胸膛上。昨夜，月光像夢一般地漫溢在安睡的大地。

今朝，晨露晶瑩，黎明岑寂。妳，剛剛沐浴歸來，身穿潔白的長袍，手提滿籃的鮮花，向神廟走去。我佇立在通向神廟小路旁的樹蔭下，在靜悄悄的黎明中低垂著頭。

14

假如我今天煩躁不安。我的愛人，寬恕我吧。這是第一場夏雨，河邊的樹木在搖曳顫抖，花繁葉茂的樹木舉著醇香的酒杯，在勸誘路過的風。看，天空裡電光閃爍著投下匆匆的視線，風兒正在妳的秀髮上狂跳嬉戲。

假如我今天太殷勤，我的愛人，請不要生氣。迷濛的雨幕遮住我們每日所見的景物，村子裡一切勞動已經停止，牧場上杳無人跡。即將降臨的雨在妳的黑眼睛裡發現它的音樂，七月在妳的門旁等待著用它含苞的茉莉花簪上妳的秀髮。

15

村裡人都叫她黑美人，可是在我心上，她卻是一朵小花——一朵黑色的百合。我第一次見到她是在烏雲挾著閃電滾滾而來的田野上。她的面紗拖在地面，烏黑的頭髮鬆垂在肩前。也許她是個黑美人，正像村民說的那樣。但是，我只看到她那雙小鹿般可愛的黑眼睛。

狂風呼嘯，預示著暴雨即將來臨。聽到小花牛驚慌的哞哞低鳴，她快步跑出茅屋。抬起大眼睛仰望天空，傾聽著隱隱的雷聲。那時，我站在稻田邊——只有她心裡明白（或許我也知道）她是否注意到我。她黑得那樣可愛，就像炎熱的夏季裡帶來陣雨的烏雲，像森林裡溫柔的陰影，就像惱人的五月黑夜裡渴望愛情的無言的祕密。

16

她曾經住在有破損的石階延伸到水面的池塘邊。多少個夜晚，她曾凝視過那因竹葉搖曳而變得使人眩暈的月色；多少個雨季，她嗅到從田裡飄來的溼潤泥土的清香。椰子樹下，村莊的院子裡，女人們談笑著縫製冬裝。她的名字總是被人們親暱地提起。池水深處還保留著她戲水的記憶，通往村中的小徑上還印著她每天經過時潮溼的足跡。

今天，帶著水罐來池塘汲水的村民就曾和她天真地逗笑，看過她的微笑，那趕著牛群去喝水的老人，也曾每天在她門前停下腳步，向她問候致意。

多少條帆船曾經從村邊駛過，多少位旅人曾經在那榕樹下休憩，渡船曾經把多少人送到對岸的市集，但是從未有人留意這個地方，鄉間小路邊，靠近破損的石階延伸到水面的池塘，曾住著我心愛的女人。

17

很久很久以前，蜜蜂在夏日的花園中戀戀不捨地飛來飛去，月亮向著夜幕中的百合微笑，閃電倏地向雲彩拋下它的親吻，又大笑著跑開。詩人站在樹林掩映、雲霞繚繞的花園一隅，讓他的心沉默著，像花一般恬靜，像新月窺伺似的注視他的夢境，像夏日的和風漫無目的地飄遊。

四月的一個黃昏，月兒像一團霧氣從落霞中升起。少女們在忙碌地澆花餵鹿，教孔雀翩翩起舞。驀地，詩人放聲歌唱：「聽呀，傾聽這世間的祕密吧！我知道百合為月亮的愛情而蒼白憔悴；芙蓉為迎接初升的太陽而撩開了面紗，如果你想知道，原因很簡單。蜜蜂向初綻的茉莉花低唱些什麼，學者不理解，詩人卻了解。」

太陽羞紅了臉，下山了，月亮在樹林裡徘徊踟躕，南風輕輕地告訴芙蓉：這詩人似乎不像他外表那樣單純呀！妙齡少女，英俊少年含笑相視，拍著手說：「世間的祕密已然泄露，讓我們的祕密也隨風飄去吧！」

18

假如你一定要傾心於我，你的生活就會充滿憂慮。我的家在十字路口，房門洞開，我心不在焉——因為我在歌唱。

假如你一定要傾心於我，我絕不會用我的心來回報。倘若我的歌是愛的海誓山盟，請你原諒，當樂曲平息時，我的承諾也不復存在，因為隆冬季節，誰會恪守五月的誓約？

假如你一定要傾心於我，請不要把它時刻記在心頭。當你笑語盈盈，一雙明眸閃著愛的歡樂，我的回答必然是狂熱而輕率的，一點也不切合實際——你應把它銘記在心，然後再把它永遠忘卻。

19

經書中寫道，人若年過半百，就應遠離喧囂的塵世，到森林中過隱居生活。然而，詩人卻宣稱：森林只應屬於年輕人。因為，那裡是百花的故鄉，是蜂鳥的家園；那裡，幽僻的角落期待著情侶們的私語。月兒親吻著茉莉花，傾訴著深厚情誼。只有遠遠未到五十歲的人才能領略其間的深意。

啊，風華少年，既缺乏經驗，又固執任性！因此，他們正應隱居在森林，經受談情說愛的嚴格訓練，而讓老人去管理世間萬物。

20

我的歌呀，你的目的地在哪裡呢？是在那學者的菸味汙染了夏日的清風，人們無止盡地爭論著「雞生蛋還是蛋生雞」的問題，連那陳舊泛黃的手稿也為浪費轉瞬即逝的生命而蹙起眉頭的地方嗎？我的歌大聲叫道：呵，不，不，不是！

我的歌呀，你的目的地在什麼地方？大理石宮殿裡住著越來越驕橫肥胖的百萬富翁，他的書架上堆滿皮革裝訂、黃金描繪的書籍，奴僕們不時地拂去書上的灰塵，這從未被人翻閱過的書籍扉頁上的題辭是獻給那無名的神明。你的目的地是在那裡嗎？我的歌猛吸一口氣，說道：不，不，不是！

我的歌呀，你的目的地在什麼地方？學生坐在桌旁，頭低垂在書本上，思想卻在青春的夢境裡飄遊；散文在書桌上碎步，詩歌深深地埋藏在心裡。灰塵鋪滿零亂的書齋，歌兒，你可願在那裡捉迷藏？我的歌躊躇著，沒有開口。

我的歌呀，你的目的地在什麼地方？忙於操持家務的少婦，抽空快步跑進臥室，急匆匆從枕頭上抽出一本愛情故事，那被小寶貝撕破揉皺的書，書頁散發著她頭髮上的香氣。你的目的地是在這個地方嗎？我的歌嘆息著，欲言又止，打不定主意。

我的歌呀，你的目的地在什麼地方？鳥兒輕輕地啼叫，溪流明睿地歡歌，宇宙的琴弦把歌曲傾注在一對戀人兩顆顫動的心上，你的目的地是在那裡嗎？我的歌放聲高唱：
是的，是的，是的！

21

我的花兒像乳汁一樣潔白，蜂蜜一樣香甜，美酒一樣芳醇；我用金色的絲帶將花兒紮成一束，但是它們逃開我細心的照拂，飛散了，只有絲帶留著。

我的歌兒像乳汁一樣清新，蜂蜜一樣甜美，美酒一樣令人陶醉；它們和我的心跳同一韻律，但是它們——這閒暇時的寵兒，展開翅膀飛走了，只有我的心在孤寂中跳動著。

我所愛的美麗的姑娘像乳汁一樣純潔，蜂蜜一樣甜蜜，美酒一樣迷人；她的唇像清晨時開放的玫瑰，她的眼睛像蜂兒般漆黑。我屏住呼吸，生怕驚動了她，但是，她也像我的花兒和歌聲一樣離開了我，只有我的愛情留著。

22

假如來生我有幸投生為森林裡的牧童，我甘願忍受失去的一切痛苦。牛群在草場吃草，牧童坐在大榕樹下，悠閒地編織著花環，他喜歡投入那清澈而深的河水中激起水花。

拂曉，小巷中家家響起攪拌器的嗡嗡聲，他喚醒夥伴們去放牧；牛群揚起一陣塵霧，女孩們來到院子裡擠牛奶。

山竹樹下的陰影更深了，河兩岸的暮色蒼茫；女孩渡過波浪洶湧的河水時，嚇得膽顫心驚；一群孔雀展開光彩奪目的尾巴，在森林裡起舞。而牧童正凝視夏日的雲霞。

四月的夜晚像初綻的花朵一樣甜蜜，牧童消失在森林中，頭上斜插著一根孔雀羽毛。綴滿鮮花的鞦韆緊緊拴在樹枝上，南風在笛聲中輕輕震顫，快活的牧童，結隊來到河水邊。

我的兄弟，我不願意做新時代的先驅，也不想為愚昧的人民點亮文明的燈火；但願我能投生在鬱鬱蔥蔥的樹林裡，投生在村莊中，那裡的女孩們攪動牛奶做奶酪。

23

我愛這鋪滿沙礫的河岸，鴨群在寂靜的水塘裡嘎嘎嬉戲，烏龜在陽光下晒著；夜幕低垂時，漂泊的漁船停泊在高高的水草叢裡。

你愛那蓋滿綠茵的河岸，茂密的竹林鬱鬱蔥蔥，汲水的女孩們沿著蜿蜒的小徑結群而行。

同一條河在我們中間流淌，向它的兩岸低唱著同一首歌。我獨自躺在星光下的沙灘上，傾聽著；晨光中，你一人坐在河岸邊，傾聽著，只是河水對我唱了什麼，你不知道；它傾訴給你的，對我也是個永遠難解的謎。

24

妳站在半開的窗前，面紗微微撩起，等待著商人來賣手鐲腳鈴。妳懶散地望著，笨重的牛車在塵土飛揚的路上咕嚕咕嚕地滾動著車輪。遠處的河面上，天水相接處，帆船緩緩飄動。

世界對妳，就好像老奶奶搖動紡車時低聲吟唱的小曲，無意義無目的，又充滿隨心所欲的想像。

但是，有誰知道，也許就在這悶熱的正午，那個陌生人提著滿籃奇特的貨物，已經上路？他響亮地呼喚著，路過妳的門前時，妳便會從依稀的夢中驚醒，將窗打開，拋下面紗，走出房門，去迎接命運的安排。

25

我緊握你的雙手，我的心跳進你那雙黑眼睛的深潭裡；我在尋找你，你沉默著不說話，永遠躲避我的追求。

我明白我必須滿足於這短促的愛情，因為我們不過是在路途中邂逅相逢。難道我有力量伴你走過這人群熙攘的塵世，帶你走出這迷宮似的人生曲徑？難道我能有充足的食物供你度過那陰暗的死亡之門的旅程？

26

如果你偶然想起了我，我便為你唱歌。雨後的黃昏把她的陰影灑在河面上，把她黯淡的光緩緩拖往西方；斜暉脈脈，已不適合勞作或遊戲。

你坐在向南的露臺上，我在黑暗的房間裡為你唱歌。暮色蒼茫，從窗戶飄進溼潤的綠葉的清香，預告雷雨將至的狂風在椰林中咆哮。

掌燈時分，我將離去。當你傾聽著夜間的天籟，那時也許你能聽到我的歌聲，雖然我已不再唱歌。

27

我盤中盛的是我所有的財產，我把它奉獻給你。我不知道明天我該供奉什麼在你的足前？百花爭奇鬥豔的夏日即將逝去，樹兒舉起花朵凋謝的樹枝，凝視著蒼穹，我就像這株大樹。

但是，過去我奉獻給你的一切，那永存的淚水難道未曾使一朵小花永遠不謝嗎？

在這夏日將逝之時，我站在你面前，兩手空空，你可願記住我奉獻給你的那朵小花，可願酬謝我嗎？

28

我夢見，她坐在我的床頭，纖纖手指輕柔地撫弄我的頭髮，那愛撫像是在彈奏美妙的樂曲。我望著她的臉龐，雙眸淚光閃閃，難言的隱痛將我驚醒。

我坐起來，望著窗外閃爍的星河，那寂靜的星河隱藏著熱情的火焰。不知此時此刻，她是否在做著相同的夢。

29

隔著樹籬，我們的視線相遇了。我想，我有一些話要對她說，而她卻走開了。我要對她講的話，像一葉扁舟日日夜夜隨時間的浪潮而顛簸起伏。我要對她講的話，彷彿秋天的行雲，無止息地四處追尋，又彷彿變成了黃昏時盛開的花兒，在落霞間尋找它已失去的時光。我要對她講的話，像螢火蟲似的在我的心裡熠熠閃亮，在絕望的黃昏，探求它的深意。

30

春花怒放，就像我那未說出口的愛情中的灼熱的痛苦。花兒的芬芳，帶來了往日詩歌的回憶。我的心驀地綻出希望的綠葉。我的愛人沒有來，但我的四肢卻感受到了她的愛撫，穿過芳香的田野傳來了她的聲音。憂傷的天空心底有她的凝視，但是，她的眼睛在哪裡呢？微風裡飄飛著她的親吻，但是，她的唇在哪裡呢？

31

我的心上人，我似乎看見你，在萬物即將醒來的清晨，站在一道帶著快樂的夢幻的瀑布下，你的血管裡充滿著它奔瀉飛濺的水花。也許，你正在天國的花園裡漫步，俏麗的茉莉花、百合、夾竹桃爭奇鬥豔，繽紛的落英飄灑在你環抱的雙臂中，落在你熱情洋溢的心上。

你的歡笑像一首歌，但是，歌詞卻淹沒在萬物爭鳴的合唱中，淹沒在百花無形的銷魂的芬芳中。你的歡笑像隱身在心中的明月，你的雙唇像是窗口，月光從那裡照射出來。我忘記了緣由，也不想知道它，我只記得，你的歡笑就是熾熱沸騰的生活。

32

多少次，春天輕輕敲我們的房門，而我正為工作忙碌，你也不去理睬它。今天，只剩下我獨自一人，傷心欲絕、意氣消沉的時候，春天又來了，我不知道怎樣把它從門口趕開。當春天想向我們獻上歡樂的王冠時，我們的大門卻緊緊關閉著，但是，現在，當春天帶來的是憂傷的禮物時，我卻不得不讓它暢行無阻地走進門來。

33

往日裡，鬧鬧嚷嚷的春天曾一路歡笑著闖入我的生活，把玫瑰撒滿大地，破曉的天空被樹葉的熱吻染作一片火紅。今天，春天穿過幽靜的小徑，沿著淒涼的樹蔭，悄悄地潛入我獨處的小屋，靜靜地坐在露臺上，凝視著前面綠色的原野化為一片蒼茫黯淡的天際。

34

像低垂的雨雲，告別的時候到來了。我僅僅來得及用顫巍巍的雙手，在妳的手腕上綁上一條紅色的絲帶。如今，正是花盛開的季節，我獨自坐在草地上，一遍又一遍地暗自思索：「妳腕上還綁著那條紅絲帶嗎？」

妳沿著開滿黃花的亞麻田邊的小路離開了。我看見，昨夜我為妳編織的花環依然鬆鬆地垂在妳的髮上。為什麼妳不肯稍待片刻，讓我在清晨採集鮮豔的花朵，作為最後獻禮？我不知道，妳頭上那個鬆垂著的花環是否已在無意間跌落在小路上？

多少個黃昏和黎明，我為妳歌唱；妳離去時，低聲吟唱的正是那最後的一首歌。妳不肯多停片刻，聽我為妳再唱一首只為妳、永遠為妳譜寫的新歌。我不知道，妳在田野中穿越時低聲吟唱的我的那首歌，是否終將使妳厭倦？

35

昨夜，烏雲壓頂，預告著大雨傾盆；陣陣狂風，搖撼著奮力掙扎的橄欖樹。我希望，在這暴風驟雨，孤寂淒清的夜晚，夢若肯降臨，它應化作我心愛的人來到我的睡夢中。

風兒仍在嗚咽著掠過田野，黎明蒼白的臉頰掛滿淚珠。我的夢也已落空，因為，現實是冷酷的，而夢也自有主張，獨斷獨行。

昨夜，黑暗沉醉在狂風暴雨之中，雨像是夜的帷幕，被狂風撕成碎片；在這星辰隱匿，暴雨喧囂的夜晚，夢若化作我心愛的人來相會，現實是否會妒忌呢？

36

我的枷鎖，你在我的心底譜寫樂曲；我終日撥弄你，使你成了我增加光彩的裝飾品。我們是親密的朋友；你也曾使我畏懼，但畏懼之情讓我更加愛你。你是我漫漫長夜中的伴侶，在我向你告別之前，容我向你敬禮，我的枷鎖。

37

我的小船，你的舵幾經損毀，帆也破成碎片，你常常漂向海洋，帶著鐵錨，你並不在意。可是這一次，你的船身上已經裂開了一道裂縫，你貨艙裝載的貨物又很沉重，現在是你結束航行的時候了，讓輕輕的波浪搖你入睡吧。

啊，我知道一切規勸警戒都是徒勞的。蒙著面紗神祕的毀滅命運在誘惑你。狂風暴雨瘋狂地向你撲來。浪潮高捲，轟鳴衝天，熱烈的狂舞震撼著你。

那麼，撞斷鐵鏈，我的小船，擺脫羈絆，無畏地衝向你的毀滅吧！

38

當我年輕時，我曾在湍急迅猛的激流中漂流；春風揮霍成性地在吹拂，枝頭繁花似火，百鳥爭鳴，不知疲倦。

熱情的洪流淹沒了我的理智，我以令人目眩的速度揚帆疾駛；我沒有時間用我的心靈去觀察，去感受，去理解這個現實的世界。

如今，韶華已逝，我的小船擱淺在岸上，我聽到了萬物深沉的樂曲，蒼穹也向我敞開綴滿繁星的胸懷。

39

我的雙眸背後，有一個旁觀者，他彷彿見過遠古時代的事物，熟悉混沌初開時的世間生活，而這些被人遺忘的情景在草地上閃爍，在樹葉上顫動。他見到過暮色蒼茫星光閃爍時，蒙上新面紗的心愛之人的臉龐。因此，在他眼中，藍天像是為無數的聚散離合而痛苦，春風裡彷彿瀰漫著一種強烈的願望——那對亙古世紀的悄悄私語的懷念。

40

逝去的青春送來消息，它對我說：「在微笑成熟為淚花，時光為未唱出口的歌聲而痛苦的即將來臨的五月的震顫裡，我在等著你。」

它說：「踏過已消逝的時光的軌跡，穿過死亡之門，到我身邊來吧！因為夢境消逝，希望落空，你採集的歲月果實也腐爛了。但是，我是永恆的真實，在你從這岸到彼岸的生命旅程中，你將與我一再重逢。」

41

女孩們去河邊汲水，樹林中傳來她們的笑聲；我希望和女孩們一塊，走在通往河邊的小路上；那裡羊群在樹蔭下吃草，松鼠從陽光下輕捷地掠過落葉，跳進陰影裡。

但是，我已經做完一天應做的事情，我的水罐已經灌滿，我佇立在門外，凝望著閃光的檳榔樹葉，聆聽著河畔汲水女孩的歡笑。

日復一日，在露珠洗過般清新的清晨，在暮色蒼茫慵倦的黃昏，擔負起去取回滿罐水的任務，始終是我最喜愛、最珍視的享受。

當我意興闌珊，心情煩亂的時候，那滿罐汩汩作聲的清水溫柔地拍撫著我；它也曾伴隨著我歡樂的思緒、無聲的笑顏一起歡笑；當我傷心的時候，它淚水盈盈，嗚咽地向我傾訴；我也曾在風狂雨驟的日子，抱著它走在路上，嘩嘩的雨聲淹沒了鴿子焦心的哀鳴。

我已經做完一天應做的事情，我的水罐已經灌滿，西方的斜暉已經黯淡，樹下的陰影已經更深更重；從開滿黃花的亞麻田中傳來一聲長嘆，我不安的眼睛看望著村中通往河水深黑的河岸的蜿蜒小路。

42

難道你僅僅是一幅畫像，不像繁星和塵埃確實存在？世間萬物的脈搏、繁星閃爍，塵埃顫動，而你靜止的畫像是那樣絕對地遠離一切，孤零零的。

你曾伴著我一同散步，你的呼吸是溫馨的，你的四肢充滿著生活的樂曲。你的話語道出了我的感受，你的臉龐觸動了我的心弦。突然，你停住腳步，留在永恆的陰影裡，而我只好踽踽獨行。

生命像個孩子，邊笑邊搖動死亡的撥浪鼓向前奔跑，它向我招手，我那無形的身軀繼續前進。但是，你卻停住腳步，留在塵埃和繁星之後，你不過是一幅畫像。

不，你不可能是一幅畫像。如果你的生命之流停止了，那麼河水也會不再奔流，五彩繽紛的晨曦也會停住腳步。如果你那像閃爍的暮色般的黑髮消失在絕望的黑暗之中，那麼夏日的綠蔭也會帶著它的夢死去。

我真的會將你忘記嗎？我們匆匆趕路，忘卻了路旁籬邊的綠葉鮮花。然而，芳香卻在不知不覺間融進我們的忘卻之中，使它充滿了音樂。你離開我身處其間的世界，卻在我的生命之源找到了安身之所，因此，那遺忘不正是消失在它深處的記憶嗎？

你已不再聽我唱歌，你已融進我的歌聲，你隨著破曉時的曙光來到我的身邊，又隨著傍晚夕陽的最後一道金光離去。然而，從此我總在黑夜中尋找你。不，你絕不僅僅是一幅畫像。

43

不，我的朋友，我永不會做一個修行者，隨便你怎麼說。

我將永遠不做一個修行者，假如她不和我一同受戒。

這是我堅定的決心，如果我找不到一個陰涼的住處和一個懺悔的伴侶，我將永遠不會變成一個修行者。

不，我的朋友，我將永遠不離開我的爐火與家庭，退隱到深林裡面。

如果在林蔭中沒有歡笑的迴響，如果沒有鬱金色的衣裙在風中飄揚，如果它的幽靜不因有輕柔的微語而加深，我將永不會做一個修行者。

44

你死了，從世間萬物中消失了，你的死對我身外的一切來說是你終止了生命；但是，你卻在我的悲傷中得到完全的再生。我感到我的生命更臻完美，因為，在我的生命中，男性的剛強與不朽的女性的溫柔永遠合而為一了。

45

攜帶美與秩序到我不幸的生活中來吧，女人，就像妳活著的時候將它們帶到我家裡一樣。拂去時光的塵屑，注滿空空的水罐，照料那被忽視的一切。再敞開神廟內殿的大門，點燃明燭，讓我們在神面前默然相對吧。

46

天空凝視著無垠的蔚藍，沉入夢幻。我們，一堆堆的雲朵，便是它的突發奇想。我們飄浮不定，沒有家園。星星在永恆的王冠上閃耀。關於它們的紀錄是永久性的，而我們卻是用鉛筆寫的草稿，轉瞬之間便可以抹去。在太空的舞臺上，我們是那敲響鈴鼓，放聲大笑的角色。但是，暴雨雷鳴便來自我們的笑聲，而雨點是真實的，雷聲也非同小可。然而，我們無權向時間要求報酬，我們隨風飄來，在我們還來不及命名時，又隨風飄去了。

47

道路是我的新娘。白晝，她在我腳下向我低語，永夜，她和我的夢一起歌唱。

我與她的相會沒有起始，也無終止，隨曙光來臨，隨夏天的鮮花與歌曲更新。她的每一次親吻，都像愛人的初吻。

我和道路是一對戀人。每個夜晚都為她換上新裝，每個清晨，我都將襤褸的舊衣留在路旁的客棧裡。

48

每日裡，我沿著同一條路來來去去，送水果到市場，趕牛群去牧場，划渡船過小河，條條道路對我而言是那麼熟悉。

一天早上，田野裡到處是忙碌的人們，牧場上到處是牛群，大地的胸膛和成熟的稻浪歡快地起伏。我走著，手裡提著沉重的籃子。

忽然，一陣輕風吹過，天空彷彿在親吻我的前額。我的心兒跳動，彷彿朝陽破霧而出。

我忘記了熟悉的道路，向路邊跨出了幾步，熟悉的景物變得陌生了，就像一朵花，我只在它含苞欲放的時候認識它。

我為我平日的小聰明感到羞愧，我離開正途闖入了仙境般的世界。那天清晨，我迷失了道路，卻找到了永存的赤子之心，這是我一生的幸運。

49

我的寶貝，你問我：天堂在什麼地方？聖賢告訴我們：天堂超越於生死界限之外，也不受日夜交替的制約，天堂不屬於塵世。

然而，你的詩人卻明白：天堂渴望著時間和空間，它為降生到這果實纍纍的大地上而不息地努力著。天堂就在你那嬌柔的體內，就在你那急速跳動著的心中，我的寶貝。

大海快樂地敲起了節奏，花兒踮起腳尖親吻你，因為，天堂和你一起誕生在大地母親的懷抱裡。

50

母親把女孩抱在懷裡，唱道：「下來，下來吧，親一親我的寶貝，在她小小的額頭上。」月亮如夢一般地微笑著。夏季隱約的花香在暗中浮動；幽靜芒果林的濃蔭深處傳來夜鶯的歌唱；遙遠的村落中升起一陣牧童的笛聲，笛聲裡帶著無限的憂鬱。年輕的母親抱著孩子，坐在臺階上，柔聲低唱：「下來，下來吧，月亮，親一親我的寶貝，在她小小的額頭上。」她仰望著天上的明月，又低頭俯視著懷中「地上的小月亮」，我驚奇地望著寧靜的月光。

孩子歡笑著，學著母親歌唱：「下來，下來吧，月亮。」母親微笑了，月光皎潔的夜也微笑了。沒有人看見我，詩人，小寶貝母親的丈夫，正躲在後面注視著這畫一般的景象。

51

初秋的晴空萬里無雲，河水快要溢出堤岸，沖刷著橫倒在淺灘上一棵大樹裸露的樹根。長長的小徑從村莊裡延伸，宛如飢渴的舌頭，一頭掉入小河中。

我向四周眺望。靜默的天空，流動的河水，我感覺到幸福在向四周延伸，就像孩子臉上綻開純真的笑靨。我的心是充實的。

52

性急的花兒呀，冬天還未歸去，你便倦於等待，掙脫了羈絆。等到看不見的來者匆匆瞥見你這路旁的守望者時，你已經匆匆地衝了出來，奔跑著，喘息著。哦，你這情不自禁的茉莉花，你這喧鬧的五色繽紛的玫瑰！

你絢麗的色彩，濃郁的芳香，擾動了空氣。你笑著，互相推著擠著，袒露胸懷地怒放了，然後凋謝了，紛紛揚揚落滿大地，最先衝向死之空隙。

到時候，夏天會乘著潮水般的南風來臨，而你卻從來不肯減緩速度，掌握它到來的準確時間。出於信心的極度歡樂，你魯莽地在路邊消耗了自己。

你從遠方聽到了夏天的腳步聲，便以落英鋪地供它輕輕踏過。甚至解救者還未出現，你就掙脫了羈絆，開放了，在它還未到來並且承認你以前，你就把它當作自己的了。

53

四月終於消逝，炎夏的熱吻燒焦了無可奈何的大地，這時，我綻開了蓓蕾。我來了，一半驚懼，一半好奇，像個調皮的孩童向隱士的小茅屋偷偷窺視。

我聽到，枝殘葉枯的樹林戰兢兢地竊竊私語；我聽到，杜鵑吐露夏日慵懶的歌聲；透過我花蕾外飄搖的綠葉，我看到了世界，嚴酷，冷漠，形容枯槁。

我依然勇敢地開放了，帶著強烈的青春信念，暢飲著那從光彩奪目的天杯中傾出的烈酒，傲然向黎明致敬。我，心底蘊藏著驕陽芬芳的玉蘭花。

54

天地初分，從創世主不安的夢魂翻騰中，升起了兩個女人。一個是天國樂園的舞女，男人熱切追慕的對象。她歡笑著，從智者冷靜的沉思中，從愚人空虛的愚昧中，攫取了他們的心，把它們像種子似的信手撒在三月豪奢的東風裡，五月狂喜的花叢中。

另一個是天國的王后，是母親，她坐在金秋豐富完美的寶座上。在收穫季節，她把那些飄零的心，帶到如淚水一般溫柔甜蜜，像海洋一般寧靜美麗的地方——帶到神聖的生與死匯合處那座冥冥未知的殿堂。

55

正午的微風，如蜻蜓薄紗似的雙翼在輕輕震顫。村中家家戶戶的茅屋頂，像孵蛋的鳥兒一般掩護著昏昏欲睡的人們，一隻杜鵑躲在綠蔭深處，寂寞地歌唱。

這清新流暢的曲調，滴進了人們勞苦耕作的單調的音響中，為情侶的竊竊私語，為母親的熱吻，為孩子的笑聲增添了音樂。它掠過我們的思緒，就像溪水流過水底的卵石，不知不覺間，使它們變得圓潤精美。

56

對於我，夜晚是寂寞的。我在讀一本書，直到感到枯燥無味，它使我覺得，美像是商賈用文字裝扮起來的時髦貨物。

我厭煩地蓋卷熄燈。剎那間，月光湧進我的小屋。

美的精靈，你的光輝泛溢蒼穹，為什麼一絲微弱的燭光竟遮蔽了你？為什麼書中幾句無用的空話，竟像薄霧似的掩蓋了那使大地無比寧靜的聲音呢？

57

秋天是屬於我的，因為她時時在我心中擺動。她那閃光的腳鈴隨著我的脈搏叮噹作響，她那薄霧似的面紗隨著我的呼吸飄動。夢中，我熟悉她那棕色長髮的觸摸。綠葉和我的生命一起跳動飛舞，而她就在外面顫動的葉子中。她的明眸在晴空中微笑，因為從我這裡，它們吸取了光明。

58

藍天下，萬物熙攘，放聲大笑；塵埃沙粒像頑童，旋轉飛舞。喧囂撩動了人的心，而他的思緒呀，渴望和萬物一同遊戲。

我們的夢隨著未知的溪水漂流，伸展手臂去抓住大地——奮鬥變成了磚石，建成了人居住的城市。

呼聲從往日湧來，向今天尋求答案。它們的雙翼搧動，空中布滿了浮動的烏雲；我們心中不肯平靜的思想，離開棲身的巢，飛過幽冥的荒野，去追求形體。思想就像黑暗中摸索的香客，尋求光明之岸似的，在實物中找到了歸宿；它們將被誘入詩人的詩句中，它們將被留宿在未來城市的塔樓中，它們將聽到來自明天戰場上的呼喚，去拿起武器，攜手加入戰鬥，去爭取那即將來臨的和平。

59

在富足的國度裡，人們不建造高樓大廈。大路旁是綠茵茵的草地，湍急的河水從旁流過。男人晨出耕作，臉上笑容可掬；傍晚歸來，口裡哼著小曲，他們不為金錢忙碌奔波，在這富足的國度裡。

正午，婦女們坐在涼爽宜人的庭院裡，低聲唱著歌紡紗。稻浪滾滾的田野上，飄來牧童的短笛聲。笛聲使路上的行人衷心喜悅，他高歌著穿過光影斑駁的芳香樹蔭，在這富足的國度裡。

商人乘著載滿貨物的船兒順流而下，沒有在這國土上收帆停泊。武士們帶領著飛舞的旌旗列隊而過，但是國王卻從未在這國土上停下他的戰車。遠方來的旅客曾在這裡歇腳，離開時卻不知道在這富足的國度都有些什麼。

在這塊國土上，路上的人群熙攘，卻從不你推我擠。詩人，在這裡成家吧。洗去長途跋涉沾在腳上的塵土，調好琵琶，日暮時，在這富足的國度裡，躺在星光照耀下清涼的草地上吧。

60

收回你的金幣吧，國王的使者。你派我們到林中神廟去誘惑那位年輕的修行者。儘管他平生未曾見過一位女子，我也沒能完成你的使命。

破曉時，那修行的少年披著淡淡的曙光，到小溪邊沐浴。褐色的鬈髮披在雙肩，像是一簇朝霞，四肢如同太陽一般閃閃發光。我們唱著，笑著，划著小船，狂熱嬉鬧著跳進溪水，圍著他翩翩起舞。這時，太陽升起，從水邊瞪視我們，憤怒得漲紅了臉。

那天使般的少年睜開雙眼，望著我們的舞姿；深深的驚詫使他的眼睛閃亮如同晨星。他舉起合掌的雙手，唱起讚美詩，歌聲像小鳥婉轉鳴啼，森林裡的每一片葉子，都在颯颯地應和。我，平凡的女人，從未聽到過這樣的歌聲，它宛若晨曦從寂靜的群山升起時那無聲的晨曲。女孩們用手掩住嘴唇，笑著擺動身軀，少年的臉上掠過一片疑雲。我快步跑到他身邊，痛苦地伏在他的足前說：「主人，我願聽您驅使。」

我帶著他來到綠草覆蓋的河岸，用絲綢的衣襟為他擦拭身體；我跪在地上，用我的長髮為他拭乾雙腳；當我抬起頭，凝視他眼睛，我似乎嘗到了混沌初開時的世界獻給第一個女人的第一次親吻——我是有福的，讚美上天吧，因為他使我成為一個女人。我聽見他在說：「妳是哪位無名的神祇？妳的撫摸是永恆之神的撫摸，妳的眼中藏著午夜的祕密。」

不，不要那樣微笑，國王的使者——塵世的智慧矇蔽了你的眼睛，老人家。那少年的純真卻刺破迷霧，看到了閃光的真理——女人是神聖的。

啊，在那第一次表示愛慕的可怕光芒中，女人的天性終於在我心底覺醒。我熱淚盈眶，晨光像姐姐似的溫柔地撫摸我的長髮，樹林裡的微風吻著我的前額，就像吻著百花。

女孩們拍著手，放蕩地笑著，面紗拖在地上，頭髮蓬鬆著，她們開始向少年投擲鮮花。

啊，純潔無瑕的太陽，難道不能用我的羞赧織成濃霧，遮住你的視線嗎？我撲倒在少年的腳前，大喊道：「原諒我！」像受驚的小鹿，在樹蔭和陽光下飛奔，邊逃邊喊：「原諒我！」女孩們的笑聲像劈啪燃燒的烈火灼燒著我，但是，我的耳畔始終迴響著那句話——「妳是哪一位無名神祇？」

電子書購買

國家圖書館出版品預行編目資料

世界上的事最好一笑了之：新月集 × 漂鳥集 × 園丁集，印度哲人泰戈爾詩作精選 / [印] 泰戈爾 著，鄭振鐸，冰心 譯 . -- 第一版 . -- 臺北市：崧燁文化事業有限公司 , 2023.09

面；　公分

POD 版

譯自：The poetry of Tagore

ISBN 978-626-357-578-3(平裝)

867.51　　112013056

世界上的事最好一笑了之：新月集 × 漂鳥集 × 園丁集，印度哲人泰戈爾詩作精選

臉書

作　　者：[印] 泰戈爾

翻　　譯：鄭振鐸，冰心

發 行 人：黃振庭

出 版 者：崧燁文化事業有限公司

發 行 者：崧燁文化事業有限公司

E-mail：sonbookservice@gmail.com

粉 絲 頁：https://www.facebook.com/sonbookss/

網　　址：https://sonbook.net/

地　　址：台北市中正區重慶南路一段六十一號八樓 815 室

Rm. 815, 8F., No.61, Sec. 1, Chongqing S. Rd., Zhongzheng Dist., Taipei City 100, Taiwan

電　　話：(02)2370-3310　　　**傳　　真**：(02) 2388-1990

印　　刷：京峯數位服務有限公司

律師顧問：廣華律師事務所 張珮琦律師

定　　價：390 元

發行日期：2023 年 09 月第一版

◎本書以 POD 印製